唐诗之路研究丛书·第一辑

唐诗之路研究会 编

浙东唐诗之路唐诗全编

（下册）

卢盛江 编撰

中華書局

卷 五

贾 岛

贾岛(779—843),幽都(今北京)人。

送郑山人游江湖

南游衡岳上,东往天台里。足蹑华顶峰,目观沧海水。

《全唐诗》卷五七一,《天台前集别编》。

忆吴处士

半夜长安雨,灯前越客吟。孤舟行一月,万水与千岑。岛屿夏云起,汀洲芳草深。何当折松叶,拂石剡溪阴。

《全唐诗》卷五七二。

送朱可久归越中

石头城下泊,北固暝钟初。汀鹭潮冲起,船窗月过虚。吴山侵越众，隋柳入唐疏。日欲躬调膳，辟来何府书。

《全唐诗》卷五七二，《会稽掇英总集》卷一〇。

送无可上人

圭峰霁色新，送此草堂人。麈尾同离寺，蛩鸣暂别亲。独行潭底影，数息树边身。终有烟霞约，天台作近邻。

《全唐诗》卷五七二，《天台前集别编》。

寄龙池寺贞空二上人

受请终南住，俱妨去石桥。林中秋信绝，峰顶夜禅遥。寒草烟藏虎，高松月照雕。霜天期到寺，寺置即前朝。

《全唐诗》卷五七二。

送人适越

高城满夕阳，何事欲沾裳。迁客蓬蒿暮，游人道路长。晴湖胜镜碧，寒柳似金黄。若有相思梦，殷勤载八行。

《全唐诗》卷五七二，《会稽掇英总集》卷一〇。

送天台僧

远梦归华顶，扁舟背岳阳。寒蔬修净食，夜浪动禅床。雁过孤峰晓，猿啼一树霜。身心无别念，余习在诗章。

《全唐诗》卷五七二,《天台前集》卷中。

送韩湘

挂席从古路,长风起广津。楚城花未发,上苑蝶来新。半没湖波月,初生岛草春。孤霞临石镜,极浦映村神。细响吟干苇,余馨动远苹。欲凭将一札,寄与沃洲人。

《全唐诗》卷五七二。

送朱兵曹回越

星彩练中见,澄江岂有泥。潮生垂钓罢,楚尽去樯西。碛鸟辞沙至,山鼯隔水啼。会稽半侵海,涛白禹祠溪。

《全唐诗》卷五七二,《会稽掇英总集》卷一〇。

夕　思

秋宵已难曙,漏向二更分。我忆山水坐,虫当寂寞闻。洞庭风落木,天姥月离云。会自东浮去,将何欲致君。

《全唐诗》卷五七二。

喜姚郎中自杭州回

路多枫树林,累日泊清阴。来去泛流水,翛然适此心。一披江上作,三起月中吟。东省期司谏,云门悔不寻。

《全唐诗》卷五七二。云门,此处当指周代六乐舞之一。存疑。

题长江

言心俱好静,廨署落晖空。归吏封宵钥,行蛇入古桐。长江频雨后,明月众星中。若任迁人去,西溪与剡通。

《全唐诗》卷五七二。

送僧归天台

辞秦经越过,归寺海西峰。石涧双流水,山门九里松。曾闻清禁漏,却听赤城钟。妙宇研磨讲,应齐智者踪。

《全唐诗》卷五七三。《天台前集》卷中,诗题作《送僧归国清寺》。

送金州鉴周上人

地必寻天目,溪仍住若耶。帆随风便发,月不要云遮。极浦浮霜雁,回潮落海查。峨嵋省春上,立雪指流沙。

《全唐诗》卷五七三。

新　年

嗟以龙钟身,如何岁复新。石门思隐久,铜镜强窥频。花发新移树,心知故国春。谁能平此恨,岂是北宗人。

《全唐诗》卷五七三。石门,在浙江嵊州北。

送姚杭州

白云峰下城，日夕白云生。人老江波钓，田侵海树耕。吴山钟入越，莲叶吹摇旌。诗异石门思，涛来向越迎。

《全唐诗》卷五七三。

送南卓归京

残春别镜陂，罢郡未霜髭。行李逢炎暑，山泉满路岐。云藏巢鹤树，风触啭莺枝。三省同虚位，双旌带去思。入城宵梦后，待漏月沉时。长策并忠告，从容写玉墀。

《全唐诗》卷五七三。镜陂，疑指镜湖。

送去华法师

在越居何寺，东南水路归。秋江洗一钵，寒日晒三衣。默听鸿声尽，行看叶影飞。囊中无宝货，船户夜扃稀。

《全唐诗》卷五七三。

题朱庆馀所居

天寒吟竟晓，古屋瓦生松。寄信船一只，隔乡山万重。树来沙岸鸟，窗度雪楼钟。每忆江中屿，更看城上峰。

《全唐诗》卷五七三。朱庆馀所居，当在会稽。

宿慈恩寺郁公房

病身来寄宿,自扫一床闲。反照临江磬,新秋过雨山。竹阴移冷月,荷气带禅关。独住天台意,方从内请还。

《全唐诗》卷五七三,《天台前集别编》。

送韦琼校书

宾佐兼归觐,此行江汉心。别离从阙下,道路向山阴。孤屿消寒沫,空城滴夜霖。若邪溪畔寺,秋色共谁寻。

《全唐诗》卷五七三。

宿姚合宅寄张司业籍

闲宵因集会,柱史话先生。身爱无一事,心期往四明。松枝影摇动,石磬响寒清。谁伴南斋宿,月高霜满城。

《全唐诗》卷五七三。

送胡道士

短褐身披满渍苔,灵溪深处观门开。却从城里移琴去,许到山中寄药来。临水古坛秋醮罢,宿杉幽鸟夜飞回。丹梯愿逐真人上,日夕归心白发催。

《全唐诗》卷五七四。存疑。

处州李使君改任遂州因寄赠

庭树几株阴入户，主人何在客闻蝉。钥开原上高楼锁，瓶汲池东古井泉。趁静野禽曾后到，休吟邻叟始安眠。仙都山水谁能忆，西去风涛书满船。

《全唐诗》卷五七四。

酬慈恩寺文郁上人

袈裟影入禁池清，犹忆乡山近赤城。篱落罅间寒蟹过，莓苔石上晚蛩行。期登野阁闲应甚，阻宿山房疾未平。闻说又寻南岳去，无端诗思忽然生。

《全唐诗》卷五七四，《天台前集别编》。

早秋寄题天竺灵隐寺

峰前峰后寺新秋，绝顶高窗见沃洲。人在定中闻蟋蟀，鹤从栖处挂猕猴。山钟夜渡空江水，汀月寒生古石楼。心忆悬帆身未遂，谢公此地昔年游。

《全唐诗》卷五七四，《天台前集》卷中。

送周判官元范赴越

原下相逢便别离，蝉鸣关路使回时。过淮渐有悬帆兴，到越应将坠叶期。城上秋山生菊早，驿西寒渡落潮迟。已曾几遍随旌旆，去谒荒郊大禹祠。

《全唐诗》卷五七四，《会稽掇英总集》卷一〇。

送罗少府归牛渚

作尉长安始三日，忽思牛渚梦天台。楚山远色独归去，灞水空流相送回。霜覆鹤身松子落，月分萤影石房开。白云多处应频到，寒涧泠泠漱古苔。

《全唐诗》卷五七四，《天台前集别编》。

题童真上人

江上修持积岁年，滩声未拟住潺湲。誓从五十身披衲，便向三千界坐禅。月峡青城那有滞，天台庐岳岂无缘。昨宵忽梦游沧海，万里波涛在目前。

《全唐诗》卷五七四。

赠　僧

从来多是游山水，省泊禅舟月下涛。初过石桥年尚少，久辞天柱腊应高。青松带雪悬铜锡，白发如霜落铁刀。常恐画工援笔写，身长七尺有眉毫。

《全唐诗》卷五七四，《天台前集别编》。

无　可

无可(生卒年不详),范阳(今河北涿州)人。贾岛从弟,曾游越州。

行汉水晚次神滩阻风

惊风山半起,舟子忽停桡。岸荻吹先乱,滩声落更跳。听松今欲暮,过岛或明朝。若尽平生趣,东浮看石桥。

《全唐诗》卷八一三。

送邵锡及第归湖州

春关鸟罢啼,归庆浙烟西。郡守招延重,乡人慕仰齐。橘青逃暑寺,茶长隔湖溪。乘暇知高眺,微应辨会稽。

《全唐诗》卷八一三。

禅林寺

台山朝佛陇,胜地绝埃氛。冷色石桥月,素光华顶云。远泉和雪溜,幽磬带松闻。终断游方念,炉香继此焚。

《全唐诗》卷八一三,《天台前集别编》。

送清散游太白山

卷经归太白,蹑藓别萝龛。若履浮云上,须看积翠南。倚身松入汉,瞑目月离潭。此境堪长往,尘中事可谙。

《全唐诗》卷八一四。存疑。

京口别崔固

积雨晴时近,西风叶满泉。相逢嵩岳客,共听楚城蝉。宿馆横秋岛,归帆张远田。别君还寂寞,不似剡中年。

《全唐诗》卷八一四。一作周贺诗。

寄题庐山二林寺

庐岳东南秀,香花惠远踪。名齐松岭峻,气比沃州浓。积岫连何处,幽崖越几重。双流溢隐隐,九派棹憧憧。山限东西寺,林交旦暮钟。半天倾瀑溜,数郡见炉峰。岩并金绳道,潭分玉像容。江微匡俗路,日杲晋朝松。棕径新苞拆,梅篱故叶壅。岚光生叠砌,霞焰发高墉。窗籁虚闻狖,庭烟黑过龙。定僧仙峤起,逋客虎溪逢。濩落垂杨户,荒凉种杏封。塔留红舍利,池吐白芙蓉。画壁披云见,禅衣对鹤缝。喧经泉滴沥,没履草丰茸。翠窦欹攀乳,苔桥侧杖筇。探奇盈梦想,搜峭涤心胸。冥奥终难尽,登临惜未从。上方薇蕨满,归去养乖慵。

《全唐诗》卷八一四。

姚　合

姚合(781？—846),吴兴(今浙江湖州)人。开成元年(836)春,罢杭州任后曾游越。

送顾非熊下第归越

失意寻归路,亲知不复过。家山去城远,日月在船多。楚塞数逢雁,浙江长有波。秋风别乡老,还听鹿鸣歌。

《全唐诗》卷四九六。

送右司薛员外赴处州

怀中天子书,腰下使君鱼。瀑布和云落,仙都与世疏。远程兼水陆,半岁在舟车。相送难相别,南风入夏初。

《全唐诗》卷四九六。

送文著上人游越

水石随缘岂计程,东吴相遇别西京。夜禅月下袈裟湿,晓上山巅锡杖鸣。念我为官应易老,羡师依佛学无生。越中多有前朝寺,处处铁钟石磬声。

《全唐诗》卷四九六。

送无可上人游越

清晨相访立门前,麻履方袍一少年。懒读经文求作佛,愿攻诗句觅升仙。芳春山影花连寺,独夜潮声月满船。今日送行偏惜别,共师文字有因缘。

《全唐诗》卷四九六。

送朱庆馀及第后归越

劝君缓上车,乡里有吾庐。未得同归去,空令相见疏。山晴栖鹤起,天晓落潮初。此庆将谁比,献亲冬集书。

《全唐诗》卷四九六。

送朱庆馀越州归觐

乡书落姓名,太守拜亲荣。访我波涛郡,还家雾雨城。海山窗外近,镜水世间清。何计随君去,邻墙过此生。

《全唐诗》卷四九六。

送陟遐上人游天台

万叠赤城路,终年游客稀。朝来送师去,自觉有家非。石净山光远,云深海色微。此诗成亦鄙,为我写岩扉。

《全唐诗》卷四九六。《天台前集别编》,诗题作《送陟霞上人游天台》。

送盛秀才赴举

重重吴越浙江潮，刺史何门始得消。五字州人唯有此，四邻风景合相饶。橘村篱落香潜度，竹寺虚空翠自飘。君去九衢须说我，病成疏懒懒趋朝。

《全唐诗》卷四九六。

送僧贞实归杭州天竺

石桥寺里最清凉，闻说茅庵寄上方。林外猿声连院磬，月中潮色到禅床。他生念我身何在，此世唯师性亦忘。九陌相逢千里别，青山重叠树苍苍。

《全唐诗》卷四九六。存疑。

送韦瑶校书赴越

寄家临禹穴，乘传出秦关。霜落橘满地，潮来帆近山。相门宾益贵，水国事多闲。晨省高堂后，余欢杯酒间。

《全唐诗》卷四九六。

送薛二十三郎中赴婺州

我住浙江西，君去浙江东。日日心来往，不畏浙江风。

《全唐诗》卷四九六。

寄灵一律诗

梵书钞律千余纸,净院焚香独受持。童子病来烟火绝,清泉漱口过斋时。

《全唐诗》卷四九七。《会稽掇英总集》卷六,诗题作《赠云门灵一律诗》。

使两浙赠罗隐

平日时风好涕流,谗书虽盛一名休。寰区叹屈瞻天问,夷貊闻诗过海求。向夕便思青琐拜,近年寻伴赤松游。何当世祖从人望,早以公台命卓侯。

《全唐诗》卷四九七。

咏　雪

愁云残腊下阳台,混却乾坤六出开。与月交光呈瑞色,共花争艳傍寒梅。飞随郢客歌声远,散逐宫娥舞袖回。其那知音不相见,剡溪乘兴为君来。

《全唐诗》卷四九八。

题山寺

千重山崦里,楼阁影参差。未暇寻僧院,先看置寺碑。竹深行渐暗,石稳坐多时。古塔龙蛇善,虚廊鸟雀痴。云开上界近,泉落下方迟。为爱青桐叶,因题满树诗。

《全唐诗》卷四九九。《会稽掇英总集》卷六,诗题作《游云门》。

游天台上方

晓上上方高处立,路人羡我此时身。白云向我头上过,我更羡他云路人。

《全唐诗》卷五〇〇,《天台前集别编》。诗题一作《游天长寺上方》。

喜览裴中丞诗卷

新诗盈道路,清韵似敲金。调格江山峻,功夫日月深。蜀笺方入写,越客始消吟。后辈难知处,朝朝枉用心。

《全唐诗》卷五〇二。诗题一作《寄裴使君》。

许　瀍

许瀍(生卒年里不详),中唐进士。《逸史》谓其文宗开成初(836),曾游河中。

纪　梦

晚入瑶台露气清,天风飞下步虚声。尘心未尽俗缘在,十里下山空月明。

《全唐诗》卷五四二。一作许浑诗。

周 贺

周贺(生卒年不详),东洛(今河南洛阳)人。居庐岳为僧,法号清塞。大和末(835)姚合命还俗。据其诗,曾游越中。

早春越中留故人

此行经岁近,唯约半年回。野渡人初过,前山云未开。雁群逢晓断,林色映川来。清夜芦中客,严家旧钓台。

《全唐诗》卷五〇三。诗题一作《早秋别卢玄休》。

入静隐寺途中作

乱云迷远寺,入路认青松。鸟道缘巢影,僧鞋印雪踪。草烟连野烧,溪雾隔霜钟。更遇樵人问,犹言过数峰。

《全唐诗》卷五〇三。存疑。

赠朱庆馀校书

风泉尽结冰,寒梦彻西陵。越信楚城得,远怀中夜兴。树停沙岛鹤,茶会石桥僧。寺阁边官舍,行吟过几层。

《全唐诗》卷五〇三。

逢播公

带病希相见,西城早晚来。衲衣风坏帛,香印雨沾灰。坐久钟声尽，谈余岳影回。却思同宿夜，高枕说天台。

《全唐诗》卷五〇三，《天台前集别编》。

题昼公院

丛木开风径，过从白昼寒。舍深原草合，茶疾竹薪干。夕雨生眠兴，禅心少话端。频来觉无事，尽日坐相看。

《全唐诗》卷五〇三。诗题一作《四明兰若赠寂禅师》。

书实上人房

绝顶言无伴，长怀剃发师。禅中灯落烬，讲次柏生枝。沙井泉澄疾，秋钟韵尽迟。里闾还受请，空有向南期。

《全唐诗》卷五〇三，《天台前集》卷下。诗题一作《送晏上人》，一作《寄林禅师》。

早秋过郭涯书堂

暑消冈舍清，闲语有余情。涧水生茶味，松风灭扇声。远分临海雨，静觉掩山城。此地秋吟苦，时来绕菊行。

《全唐诗》卷五〇三。诗题一作《郭劲书斋》。据诗意，"临海"未必是地名。存疑。

寄宁海李明府

山县风光异，公门水石清。一官居外府，几载别东京。故疾梅天发,新诗雪夜成。家贫思减选,时静忆归耕。把疏寻书义,澄心得狱情。梦灵邀客解,剑古拣人呈。守月通宵坐,寻花迥路行。从来爱知道,何虑白髭生。

《全唐诗》卷五〇三。宁海,台州属县。

赠厉玄侍御

山松径与瀑泉通,巾舄行吟想越中。塞雁去经华顶末,乡僧来自海涛东。关分河汉秋钟绝,露滴弥猴夜岳空。抱疾因寻周柱史,杜陵寒叶落无穷。

《全唐诗》卷五〇三,《天台前集别编》。

宿隐静寺上人

一宿五峰杯度寺,虚廊中夜磬声分。疏林未落上方月,深涧忽生平地云。幽鸟背泉栖静境,远人当烛想遗文。暂来此地歇劳足,望断故山沧海渍。

《全唐诗》卷五〇三,《天台前集》卷下。

郑 巢

郑巢(生卒年不详),钱塘(今浙江杭州)人。文宗太和八、九年间(834—835),曾向杭州刺史姚合献词,据其诗,曾游台州。

泊灵溪馆

孤吟疏雨绝,荒馆乱峰前。晓鹭栖危石,秋萍满败船。溜从华顶落,树与赤城连。已有求闲意,相期在暮年。

《全唐诗》卷五〇四,《天台前集》卷下。

瀑布寺贞上人院

林疏多暮蝉,师去宿山烟。古壁灯熏画,秋琴雨润弦。竹间窥远鹤,岩上取寒泉。西岳沙房在,归期更几年。

《全唐诗》卷五〇四,《天台前集》卷下。

送灵溪李侍郎

貂裘离阙下,初佐汉元勋。河偃流澌叠,沙晴远树分。牛羊下暮霭,鼓角调寒云。中夕萧关宿,边声不可闻。

《全唐诗》卷五〇四。存疑。

送姚郎中罢郡游越

逍遥方罢郡,高兴接东瓯。几处行杉径,何时宿石楼。湘声穿古窦,华影在空舟。惆怅云门路,无因得从游。

《全唐诗》卷五〇四,《天台前集别编》。诗题下原注:“即姚鹄也。”

送袁肇归山阴

论文意有违，寒雨洒行衣。南渡久谁语，后吟今独归。河帆因树落，沙鸟背潮飞。若值云门侣，多因宿翠微。

《全唐诗》卷五〇四。

送李式

潇湘路杳然，清兴起秋前。去寺多随磬，看山半在船。绿云天外鹤，红树雨中蝉。莫使游华顶，逍遥更过年。

《全唐诗》卷五〇四。

送象上人还山中

竹锡与袈裟，灵山笑暗霞。泉痕生净藓，烧力落寒花。高户闲听雪，空窗静捣茶。终期宿华顶，须会说三巴。

《全唐诗》卷五〇四，《天台前集》卷下。

薛　莹

薛莹(生卒年里不详)，文宗时(827—840，大和、开成)诗人。据其诗可能游越。

句

花留身住越，月递梦还秦。

《全唐诗》卷五四二。

沈亚之

沈亚之(？—832？)，吴兴(今浙江湖州)人。元和五年(810)赴京应试，十年(815)登第。与杜牧、徐凝等唱和。

送文颖上人游天台

露花浮翠瓦，鲜思起芳丛。此际断客梦，况复别志公。既历天台去，言过赤城东。莫说人间事，崎岖尘土中。

《全唐诗》卷四九三，《天台前集》卷下。

题侯仙亭

新创仙亭覆石坛，雕梁峻宇入云端。岭北啸猿高枕听，湖南山色卷帘看。

《全唐诗》卷四九三。存疑。

李 贺

李贺(790—816),郡望陇西(今属甘肃),福昌(今河南宜阳)人。据其诗,曾游会稽。

还自会稽歌并序

庚肩吾于梁时,尝作《宫体谣引》,以应和皇子。及国世沦败,肩吾先潜难会稽,后始还家。仆意其必有遗文,今无得焉。故作《还自会稽歌》,以补其悲。

野粉椒壁黄,湿萤满梁殿。台城应教人,秋衾梦铜辇。吴霜点归鬓,身与塘蒲晚。脉脉辞金鱼,羁臣守迍贱。

《全唐诗》卷三九〇,《会稽掇英总集》卷一三。

南园十三首(其一、其七)

花枝草蔓眼中开,小白长红越女腮。可怜日暮嫣香落,嫁与春风不用媒。

长卿牢落悲空舍,曼倩诙谐取自容。见买若耶溪水剑,明朝归去事猿公。

《全唐诗》卷三九〇。

湖中曲

长眉越沙采兰若,桂叶水荭春漠漠。横船醉眠白昼闲,渡口梅风歌扇薄。燕钗玉股照青渠，越王娇郎小字书。蜀纸封巾报云鬓，晚漏壶中水淋尽。

《全唐诗》卷三九一。

感讽五首(其一)

合浦无明珠，龙洲无木奴。足知造化力，不给使君须。越妇未织作，吴蚕始蠕蠕。县官骑马来，狞色虬紫须。怀中一方板，板上数行书。不因使君怒，焉得诣尔庐。越妇拜县官，桑牙今尚小。会待春日晏，丝车方掷掉。越妇通言语，小姑具黄粱。县官踏餐去，簿吏复登堂。

《全唐诗》卷三九一。

秦宫诗(节录)

越罗衫袂迎春风，玉刻麒麟腰带红。楼头曲宴仙人语，帐底吹笙香雾浓。……

《全唐诗》卷三九二。

吕将军歌(节录)

……圆苍低迷盖张地，九州人事皆如此。赤山秀铤御时英，绿眼将军会天意。

《全唐诗》卷三九三。赤山，即赤堇山，在会稽，春秋时欧冶子在此炼剑。

美人梳头歌

西施晓梦绡帐寒,香鬟堕髻半沉檀。辘轳咿哑转鸣玉,惊起芙蓉睡新足。双鸾开镜秋水光,解鬟临镜立象床。一编香丝云撒地,玉钗落处无声腻。纤手却盘老鸦色,翠滑宝钗簪不得。春风烂熳恼娇慵,十八鬟多无气力。妆成鬖鬌欹不斜,云裾数步踏雁沙。背人不语向何处,下阶自折樱桃花。

《全唐诗》卷三九三。

月漉漉篇

月漉漉,波烟玉。莎青桂花繁,芙蓉别江木。粉态夹罗寒,雁羽铺烟湿。谁能看石帆,乘船镜中入。秋白鲜红死,水香莲子齐。挽菱隔歌袖,绿刺罥银泥。

《全唐诗》卷三九三。石帆,山名,在今绍兴南湖边。镜中入,写镜湖。

出城别张又新酬李汉(节录)

……曙风起四方,秋月当东悬。赋诗面投掷,悲哉不遇人。此别定沾臆,越布先裁巾。

《全唐诗》卷三九三。

听颖师琴歌

别浦云归桂花渚，蜀国弦中双凤语。芙蓉叶落秋鸾离，越王夜起游天姥。暗珮清臣敲水玉，渡海蛾眉牵白鹿。谁看挟剑赴长桥，谁看浸发题春竹。竺僧前立当吾门，梵宫真相眉棱尊。古琴大轸长八尺，峄阳老树非桐孙。凉馆闻弦惊病客，药囊暂别龙须席。请歌直请卿相歌，奉礼官卑复何益。

《全唐诗》卷三九四。

许 浑

许浑（788—860稍后），祖籍安州安陆（今属湖北），寓居润州丹阳（今属江苏）。元和十二年（817）之前，会昌三、四年（843、844），会昌六年（846）三次游越。

寄天乡寺仲仪上人富春孙处士

诗僧与钓翁，千里两情通。云带雁门雪，水连渔浦风。心期荣辱外，名挂是非中。岁晚亦归去，田园清洛东。

《全唐诗》卷五二八。

晨起二首（其一）

桂树绿层层，风微烟露凝。檐楹衔落月，帏幌映残灯。蕲篁曙香冷，越瓶秋水澄。心闲即无事，何异住山僧。

《全唐诗》卷五二八。

晓发鄞江北渡寄崔韩二先辈

南北信多岐，生涯半别离。地穷山尽处，江泛水寒时。露晓蒹葭重，霜晴橘柚垂。无劳促回楫，千里有心期。

《全唐诗》卷五二八。诗题一作《晓发鄞江寄崔寿韩》。

发灵溪馆

山多水不穷，一叶似渔翁。鸟浴寒潭雨，猿吟暮岭风。杂英垂锦绣，众籁合丝桐。应有曹溪路，千岩万壑中。

《全唐诗》卷五二八，《天台前集别编》。灵溪，在天台西北。曹溪，当作桃溪，指天台山桃源洞。

赠　僧

心法本无住，流沙归复来。锡随山鸟动，经附海船回。洗足柳遮寺，坐禅花委苔。唯将一童子，又欲上天台。

《全唐诗》卷五二九。《天台前集》卷中，作赵嘏诗。

再游越中伤朱馀庆协律好直上人

昔年湖上客，留访雪山翁。王氏船犹在，萧家寺已空。月高花有露,烟合水无风。处处多遗韵,何曾入剡中。

《全唐诗》卷五二九。诗题“馀庆”,一作“庆馀”。

寻戴处士

车马长安道,谁知大隐心。蛮僧留古镜,蜀客寄新琴。晒药竹斋暖,捣茶松院深。思君一相访,残雪似山阴。

《全唐诗》卷五二九。一作皇甫冉诗。

旅　怀

征车何轧轧,南北极天涯。孤枕易为客,远书难到家。乡连云外树,城闭月中花。犹有扁舟思,前年别若耶。

《全唐诗》卷五二九。

将赴京师留题孙处士山居二首(其一)

草堂近西郭,遥对敬亭开。枕腻海云起,簟凉山雨来。高歌怀地肺,远赋忆天台。应学相如志,终须驷马回。

《全唐诗》卷五三〇,《天台前集别编》。

陪越中使院诸公镜波馆饯明台裴郑二使君

倾幕来华馆,淹留二使君。舞移清夜月,歌断碧空云。海郡楼台接,江船剑戟分。明时自骞翥,无复叹离群。

《全唐诗》卷五三〇,《天台前集别编》。郑使君,即郑薰,会昌六年(846)任台州刺史。

和毕员外雪中见寄

仙署淹清景,雪华松桂阴。夜凌瑶席宴,春寄玉京吟。烛晃垂罗幕,香寒重绣衾。相思不相访,烟月剡溪深。

《全唐诗》卷五三〇。

与裴三十秀才自越西归望亭阻冻登虎丘山寺精舍

春草越吴间,心期旦夕还。酒乡逢客病,诗境遇僧闲。倚棹冰生浦,登楼雪满山。东风不可待,归鬓坐斑斑。

《全唐诗》卷五三〇。

广陵送剡县薛明府赴任

车马楚城壕,清歌送浊醪。露花羞别泪,烟草让归袍。鸟浴春塘暖,猿吟暮岭高。寻仙在仙骨,不用废牛刀。

《全唐诗》卷五三一。

酬报先上人登楼见寄

丹叶下西楼,知君万里愁。钟非黔峡寺,帆是敬亭舟。山色和云暮，湖光共月秋。天台多道侣，何惜更南游。

《全唐诗》卷五三一，《天台前集》卷中。诗题下原注："上人自峡下来。"

晓过郁林寺戏呈李明府

身闲白日长，何处不寻芳。山崦登楼寺，溪湾泊晚樯。洞花蜂聚蜜，岩柏麝留香。若指求仙路，刘郎学阮郎。

《全唐诗》卷五三一。

泛舟寻郁林寺道玄上人遇雨而返因寄

禅扉倚石梯，云湿雨凄凄。草色分松径，泉声咽稻畦。棹移滩鸟没，钟断岭猿啼。入夜花如雪，回舟忆剡溪。

《全唐诗》卷五三一。

王秀才自越见寻不遇题诗而回因以酬寄

南斋知数宿，半为木兰开。晴阁留诗遍，春帆载酒回。烟深扬子宅，云断越王台。自有孤舟兴，何妨更一来。

《全唐诗》卷五三一。

送客归兰溪

花下送归客，路长应过秋。暮随江鸟宿，寒共岭猿愁。众水喧严濑,群峰抱沈楼。因君几南望,曾向此中游。

《全唐诗》卷五三一。沈楼,又名八咏楼,在金华。

送段觉归东阳兼寄窦使君

山水引归路,陆郎从此谙。秋茶垂露细,寒菊带霜甘。台倚乌龙岭,楼侵白雁潭。沈公如借问,心在浙河南。

《全唐诗》卷五三一。

行次白沙馆先寄上河南王侍御

夜程何处宿,山叠树层层。孤馆闭秋雨,空堂停曙灯。歌惭渔浦客,诗学雁门僧。此意无人识,明朝见李膺。

《全唐诗》卷五三二。诗末原注:“侍御尝任河南少尹。”

宿东横山

孤舟路渐赊,时见碧桃花。溪雨滩声急,岩风树势斜。猕猴垂弱蔓,鸂鶒睡横槎。谩向仙林宿,无人识阮家。

《全唐诗》卷五三二,《天台前集别编》。一作杜牧诗,见《全唐诗》卷五二六,诗题作《宿东横山濑》。

陪郑史君泛舟晚归

南郭望归处,郡楼高卷帘。平桥低皂盖,曲岸转彤襜。江晚笙歌促，山晴鼓角严。羊公莫先醉，清晓月纤纤。

《全唐诗》卷五三二，《天台前集别编》。郑史君，即郑薰。

对 雪

云度龙山暗倚城，先飞淅沥引轻盈。素娥冉冉拜瑶阙，皓鹤纷纷朝玉京。阴岭有风梅艳散，寒林无月桂华生。剡溪一醉十年事，忽忆棹回天未明。

《全唐诗》卷五三三。

赠萧兵曹先辈

广陵堤上昔离居，帆转潇湘万里余。楚客病时无鹏鸟，越乡归处有鲈鱼。潮生水郭蒹葭响，雨过山城橘柚疏。闻说携琴兼载酒，邑人争识马相如。

《全唐诗》卷五三三。

早发天台中岩寺度关岭次天姥岑

来往天台天姥间，欲求真诀驻衰颜。星河半落岩前寺，云雾初开岭上关。丹壑树多风浩浩，碧溪苔浅水潺潺。可知刘阮逢人处，行尽深山又是山。

《全唐诗》卷五三三，《天台前集别编》。

送郭秀才游天台并序

尝与郭秀才同玩朱审画《天台山图》,秀才因游是山,题诗赠别。

云埋阴壑雪凝峰,半壁天台已万重。人度碧溪疑辍棹,僧归苍岭似闻钟。暖眠鸂鶒晴滩草,高挂猕猴暮涧松。曾约共游今独去,赤城西面水溶溶。

《全唐诗》卷五三三,《天台前集别编》。

乘月棹舟送大历寺灵聪上人不及

万峰秋尽百泉清,旧锁禅扉在赤城。枫浦客来烟未散,竹窗僧去月犹明。杯浮野渡鱼龙远,锡响空山虎豹惊。一字不留何足讶,白云无路水无情。

《全唐诗》卷五三四,《天台前集别编》。

过台州李郎中旧居

政成身没共兴衰,乡路兵戈旅榇回。城上暮云凝鼓角,海边春草闭池台。经年未葬佳人散,昨夜因斋故吏来。南北相逢皆掩泣,白苹洲暖百花开。

《天台前集别编》。《全唐诗》卷五三四,诗题作《伤故湖州李郎中》。

和人贺杨仆射致政

莲府公卿拜后尘,手持优诏挂朱轮。从军幕下三千客,闻礼庭中七十人。锦帐丽词推北巷，画堂清乐掩南邻。岂同王谢山阴会，空叙流杯醉暮春。

《全唐诗》卷五三四。

送前东阳于明府由鄂渚归故林

结束征车换黑貂，灞西风雨正潇潇。茂陵久病书千卷，彭泽初归酒一瓢。帆背夕阳湓水阔，棹经沧海甑山遥。殷勤为谢南溪客，白首萤窗未见招。

《全唐诗》卷五三四。

送张厚浙东谒丁常侍

凉露清蝉柳陌空，故人遥指浙江东。青山有雪松当涧，碧落无云鹤出笼。齐唱离歌愁晚月，独看征棹怨秋风。定知洛下声名士，共说膺门得孔融。

《全唐诗》卷五三五。诗题一作《送张厚浙东修谒》。

酬和杜侍御

花时曾省杜陵游，闻下书帷不举头。因过石城先访戴，欲朝金阙暂依刘。征帆夜转鸬鹚穴，骋骑春辞鹳雀楼。正把新诗望南浦，棹歌应是木兰舟。

《全唐诗》卷五三六。

竹林寺别友人

骚人吟罢起乡愁,暗觉年华似水流。花满谢城伤共别,蝉鸣萧寺喜同游。前山月落杉松晚,深夜风清枕簟秋。明日分襟又何处,江南江北路悠悠。

《全唐诗》卷五三六。《全唐诗》校:"一作与德玄别,一作李玄。"竹林寺,在润州城南。存疑。

郊居春日有怀府中诸公并柬王兵曹

欲学渔翁钓艇新,濯缨犹惜九衢尘。花前更谢依刘客,雪后空怀访戴人。僧舍覆棋消白日,市楼赊酒过青春。一山桃杏同时发,谁似东风不厌贫。

《全唐诗》卷五三六。

寄房千里博士

春风白马紫丝缰,正值蚕眠未采桑。五夜有心随暮雨,百年无节待秋霜。重寻绣带朱藤合,更认罗裙碧草长。为报西游减离恨,阮郎才去嫁刘郎。

《全唐诗》卷五三六。

泛五云溪

此溪何处路,遥问白髯翁。佛庙千岩里,人家一岛中。鱼倾荷叶露，蝉噪柳林风。急濑鸣车轴，微波漾钓筒。石苔萦棹绿，山果拂舟红。更就千村宿，溪桥与剡通。

《全唐诗》卷五三七。《会稽掇英总集》卷六，诗题作《入云门五溪上作》。

送林处士自闽中道越由霅抵两川

书剑少青眼，烟波初白头。乡关背梨岭，客路转蘋洲。处困道难固，乘时恩易酬。镜中非访戴，剑外欲依刘。高枕海天暝，落帆江雨秋。鼍声应远鼓，蜃气学危楼。智士役千虑，达人经百忧。唯闻陶靖节，多在醉乡游。

《全唐诗》卷五三七。

宣城赠萧兵曹

桂楫谪湘渚，三年波上春。舟寒剡溪雪，衣破洛城尘。客道耻摇尾，皇恩宽犯鳞。花时去国远，月夕上楼频。贪酒不辞病，佣书非为贫。行吟值渔父，坐隐对樵人。紫陌罢双辙，碧潭穷一纶。高歌更南去，烟水是通津。

《全唐诗》卷五三七。一作杜牧诗，见《全唐诗》卷五二六。当为许浑作。

晨自竹径至龙兴寺崇隐上人院

佛寺通南径，僧堂倚北坡。藤阴迷晚竹，苔滑仰晴莎。病忆春前别,闲宜雨后过。石横闻水远,林缺见山多。欲结三天社,初降十地魔。毒龙来有窟,灵鹤去无窠。客路随萍梗,乡园失薜萝。禅心如可学,不藉鲁阳戈。

《全唐诗》卷五三七。

奉和卢大夫新立假山

岩谷留心赏,为山极自然。孤峰空迸笋,攒萼旋开莲。黛色朱楼下,云形绣户前。砌尘凝积霭,檐溜挂飞泉。树暗壶中月,花香洞里天。何如谢康乐,海峤独题篇。

《全唐诗》卷五三七。

思天台

赤城云雪深,山客负归心。昨夜西斋宿,月明琪树阴。

《全唐诗》卷五三八,《天台前集》卷中。

酬李当

知有瑶华手自开,巴人虚唱懒封回。山阴一夜满溪雪,借问扁舟来不来。

《全唐诗》卷五三八。

寄云际寺敬上人

万山秋雨水萦回,红叶多从紫阁来。云冷竹斋禅衲薄,已应飞锡过天台。

《全唐诗》卷五三八,《天台前集》卷中。

越　中

石城花暖鹧鸪飞,征客春帆秋不归。犹自保郎心似石,绫梭夜夜织寒衣。

《全唐诗》卷五三八。一作杜牧诗。

元　孚

元孚(生卒年里不详),宣城开元寺僧。贞元八年(792)游天台,五十年后会昌二年(842)作诗回忆。

元孚五十年前游天台宿建公院登华顶攀琪树观石桥之险绝缅怀昔游因为绝句寄知建长老兼呈台州王司马

天生石月架空虚,树缀龙须子贯珠。三十年前已攀折,建公曾到上方无。

《全唐诗补编・补逸》卷一八。

王　謩

王謩(生卒年里不详),大中九年(855)台州司马。

奉和元孚大德

华顶高峰接太虚，承攀琪树赋垂株。当时惟有建公在，老宿如今一半无。

《全唐诗补编·补逸》卷一二。

储嗣宗

储嗣宗（生卒年不详），润州延陵（今江苏丹阳）人。大中十三年（859）进士。

和茅山高拾遗忆山中杂题五首·山邻

石桥春涧已归迟，梦入仙山山不知。柱史从来非俗吏，青牛道士莫相疑。

《全唐诗》卷五九四。诗中所写未必是天台山之石桥。存疑。

入浮石山

斜日出门去，残花已过春。鸟声穿叶远，虎迹渡溪新。入洞几时路，耕田何代人。自惭非避俗，不敢问迷津。

《全唐诗》卷五九四。浮石山，疑在今广东中山北七十里海中。存疑。

得越中书

芳草离离思，悠悠春梦余。池亭千里月，烟水一封书。诗想怀康乐，文应吊子胥。扁舟恋南越，岂独为鲈鱼。

《全唐诗》卷五九四。

春怀寄秣陵知友

庐江城外柳堪攀，万里行人尚未还。借问景阳台下客，谢家谁更卧东山。

《全唐诗》卷五九四。

送顾陶校书归钱塘

清苦月偏知，南归瘦马迟。橐轻缘换酒，发白为吟诗。水色西陵渡，松声伍相祠。圣朝思直谏，不是挂冠时。

《全唐诗》卷五九四。

张　祜

张祜（792？—853？），南阳（今河南邓州）人。大和七年至九年（833—835）浙东观察使李绅幕客，三年后即开成二年（837）前后再游越。

游天台山

崔嵬海西镇,灵迹传万古。群峰日来朝,累累孙侍祖。三茅即拳石,二室犹块土。傍洞窟神仙,中岩宅龙虎。名从乾取象,位与坤作辅。鸾鹤自相群,前人空若瞽。巉巉割秋碧,娲女徒巧补。视听出尘埃,处高心渐苦。才登招手石,肘底笑天姥。仰看华盖尖,赤日云上午。奔雷撼深谷,下见山脚雨。回首望四明,矗若城一堵。昏晨邈千态,恐动非自主。控鹄大梦中,坐觉身栩栩。东溟子时月,却孕元化母。彭蠡不盈杯,浙江微辨缕。石梁屹横架,万仞青壁竖。却瞰赤城颠,势来如刀弩。盘松国清道,九里天莫睹。穹崇上攒三,突兀傍耸五。空崖绝凡路,痴立麋与麈。邈峻极天门,觑深窥地户。金庭路非远,徒步将欲举。身乐道家流,惇儒若一矩。行寻白云叟,礼象登峻宇。佛窟绕杉岚,仙坛半榛莽。悬崖与飞瀑,险喷难足俯。海眼三井通,洞门双阙拄。琼台下昏侧,手足前采乳。但造不死乡,前劳何足数。

《全唐诗》卷五一〇,《天台前集》卷中。

拔蒲歌

拔蒲来,领郎镜湖边。郎心在何处,莫趁新莲去。拔得无心蒲,问郎看好无。

《全唐诗》卷五一〇。

送卢弘本浙东觐省

东望故山高，秋归值小舠。怀中陆绩橘，江上伍员涛。好去宁鸡口，加餐及蟹螯。知君思无倦，为我续离骚。

《全唐诗》卷五一〇。

石头城寺

山势抱烟光，重门突兀傍。连檐金像阁，半壁石龛廊。碧树丛高顶，清池占下方。徒悲宦游意，尽日老僧房。

《全唐诗》卷五一〇。石头城寺，疑为石城寺。

题余杭县龙泉观

四明山一面，台殿已嵯峨。中路见山远，上方行石多。天晴花气漫，地暖鸟音和。徒漱葛仙井，此生其奈何。

《全唐诗》卷五一〇。

题苏州灵岩寺

碧海西陵岸，吴王此盛时。山行今佛寺，水见旧宫池。亡国人遗恨，空门事少悲。聊当值僧语，尽日把松枝。

《全唐诗》卷五一〇。此“西陵”不知是否指萧山之西陵，录以备考。

题招隐寺

千年戴颙宅,佛庙此崇修。古井人名在,清泉鹿迹幽。竹光寒闭院,山影夜藏楼。未得高僧旨,烟霞空暂游。

《全唐诗》卷五一〇。

忆游天台寄道流

忆昨天台到赤城,几朝仙籁耳中生。云龙出水风声过,海鹤鸣皋日色清。石笋半山移步险,桂花当洞拂衣轻。今来尽是人间梦,刘阮茫茫何处行。

《全唐诗》卷五一一,《天台前集》卷中。一作张佐诗。

寄王尊师

天台南洞一灵仙,骨耸冰棱貌莹然。曾对浦云长昧齿,重来华表不知年。溪桥晚下玄龟出,草露朝行白鹿眠。犹忆夜深华盖上,更无人处话丹田。

《全唐诗》卷五一一,《天台前集别编》。

酬答柳宗言秀才见赠

南下天台厌绝冥,五湖波上泛如萍。江鸥自戏为踪迹,野鹿闲惊是性灵。任子偶垂沧海钓,戴逵虚认少微星。金门后俊徒相唁,且为人间寄茯苓。

《全唐诗》卷五一一,《天台前集别编》。

题杭州天竺寺

西南山最胜,一界是诸天。上路穿岩竹,分流入寺泉。蹑云丹井畔,望月石桥边。洞壑江声远,楼台海气连。塔明春岭雪,钟散暮松烟。何处去犹恨,更看峰顶莲。

《全唐诗》卷五一一。

高闲上人

座上辞安国,禅房恋沃州。道心黄叶老,诗思碧云秋。卷轴朝廷饯,书函内库收。陶欣入社叟,生怯论经俦。日色屏初揭,风声笔未休。长波溢海岸,大点出嵩丘。不绝羲之法,难穷智永流。殷勤一笺在,留著看银钩。

《全唐诗》卷五一一。

题灵彻上人旧房

寂寞空门支道林,满堂诗板旧知音。秋风吹叶古廊下,一半绳床灯影深。

《全唐诗》卷五一一。

偶　题

古来名下岂虚为,李白颠狂自称时。唯恨世间无贺老,谪仙长在没人知。

《全唐诗》卷五一一。

东山寺

寒色苍苍老柏风，石苔清滑露光融。半夜四山钟磬尽，水精宫殿月玲珑。

《全唐诗》卷五一一。无锡有东山寺，见《舆地纪胜》卷六。存疑。

题朱兵曹山居

朱氏西斋万卷书，水门山阔自高疏。我来穿穴非无意，愿向君家作壁鱼。

《全唐诗》卷五一一。朱兵曹，曾为越州兵曹参军。贾岛有《送朱兵曹回越》，疑此“山居”在越。

江上旅泊呈池州杜员外

牛渚南来沙岸长，远吟佳句望池阳。野人未必非毛遂，太守还须是孟尝。江郡风流今绝世，杜陵才子旧为郎。不妨酒夜因闲语，别指东山是醉乡。

《张祜诗集校注》(尹占华校注，上海古籍出版社2020年)卷八。

酬余姚郑摸明府见赠长句四韵

仙令东来值胜游，人间稀遇一扁舟。万重山色连江徼，十里溪声到县楼。吏隐不妨彭泽远，公才多谢武城优。生疏莫笑沧浪叟，白首直竿是直钩。

《张祜诗集校注》卷八。

将之会稽先寄越中知友

三年此路却回头，认得湖山是旧游。百里镜中明月夜，万重屏外碧云秋。竹林雨过谁家宅？杨叶风生何处楼？先问故人篱落下，肯容藤蔓系扁舟？

《张祜诗集校注》卷八。

越州怀古

振楫大江东，前林波万顷。高秋海天阔，色落湖山影。行寻王谢迹，望望登绝岭。荒林草木瘦，古树泉石冷。昔游不可见，牢落余风景。穷愁心未死，一笔聊复秉。

《张祜诗集校注》卷九。

忆江东旧游四十韵寄宣武李尚书

忆作江东客，猖狂事颇曾。海隅思变化，云路折飞腾。小子今何述，高贤昔谬称。瘦体休问马，病爪莫论鹰。海棹扁舟泛，江开一槛凭。岸环青莽苍，峰峭碧崚嶒。水国程无尽，烟郊思不胜。金丝援嫩柳，玉片犯残冰。夜泊闻操楫，朝行看下罾。沙明春雨霁，野白暮云蒸。蒲晚帆山叶，花开镜水菱。乱芳从沼沚，余溜泄沟塍。鹫岭因支访，龙门诣李登。黄莺春恼客，白鹤夜依僧。粗得狂歌趣，深疑笑病症。地穷屯健马，天尽抑飞鹏。桂彩分城堞，松香在阁层。酒徒穷不破，诗债老相仍。伯玉年将近，宣尼易未弘。岁储虽自乏，社肉必均秤。造化三光借，乾坤一块凝。才当论曲直，命可系衰兴。凤鸟非无叹，骅骝靡不乘。豹文须蔚蔚，羊目漫睖睖。范蠡尝金铸，吴王昔土崩。雄图翻自失，高躅鲜相承。禹庙思陈藻，秦山忆杖藤。几时心豁豁，长日醉瞢瞢。水室穷深讨，云门极峻登。北归天尚远，东望海方澄。鹤跂虚为羡，人言敢不应。旅游星正孛，愁望月初絙。讵欲由斜径，聊思枕曲肱。兴扪头上虱，闲视笔锋蝇。鸟岸劳方寸，鱼瓶惜一升。诗秋情未剧，别夜思偏增。白首身从贱，青云气可凌。当知在尘土，言直更兢兢。

《张祜诗集校注》卷一〇。李尚书，为李绅。诗作于开成五年（840）九月李绅离宣武任时。“忆作江东客”句，指大和八年（834）前后为浙东观察使李绅幕客事。帆山，即会稽石帆山。镜水，指镜湖。

伊　山

晋代衣冠梦一场，精蓝往是读书堂。桓伊曾弄柯亭笛，吹落梅花万点香。

《张祜诗集校注·集外诗》。

顾非熊

顾非熊（795—854？），苏州（今属江苏）人。据其诗，曾游浙东。

寄太白无能禅师

太白山中寺，师居最上方。猎人偷佛火，栎鼠戏禅床。定久衣尘积，行稀径草长。有谁来问法，林杪过残阳。

《全唐诗》卷五〇九。存疑。

宿云门寺

夜香闻偈后，岑寂掩柴扉。照竹灯和雪，看松月到衣。草堂疏磬断，山寺故人稀。翻忆湘南雨，春风独鸟归。

《会稽掇英总集》卷六。

入云门五溪上作六言

舟泊有时垂钓，舟行不废闲吟。沿山寺寺花树，枕水家家竹林。鸳鸯昼飞溪静，鹳鸽夜啭村深。忽闻风动莲叶，起见波间月沉。

《会稽掇英总集》卷七。

李　褒

李褒（生卒年不详），京兆（今陕西西安）人。元和十四年（819），与沈亚之同宿白马津。大中三年（849）授浙东观察使。

宿云门香阁院

香阁无尘雪后天，石盆如月贮寒泉。高僧洗足南轩罢，还枕蒲团就日眠。

《会稽掇英总集》卷六。

郑　薰

郑薰（生卒年里不详），会昌六年（846）任台州刺史。

桐柏观

深山桐柏观，残雪路犹分。数里踏红叶，全家穿白云。月寒岩嶂晓，风远蕙兰芬。明日出云去，吹笙不可闻。

《全唐诗补编·续补遗》卷七。《天台前集》卷中，诗题作《冬暮挈家宿桐柏观》。

马　湘

马湘（？—856），杭州盐官（今浙江海宁）人。遍游天下，曾游越中。

登杭州秦望山

太乙初分何处寻，空留历数变人心。九天日月移朝暮，万里山川换古今。风动水光吞远峤，雨添岚气没高林。秦皇谩作驱山计，沧海茫茫转更深。

《全唐诗》卷八六一。会稽有秦望山。一说秦望山即天目山，在杭州西北。存疑。

又诗一首

昔日曾随魏伯阳，无端醉卧紫金床。东君谓我多情赖，罚向人间作酒狂。

《全唐诗》卷八六一。存疑。

栖　白

栖白（生卒年里不详），江南僧。大中为内供奉，与姚合等唱酬。可能僖宗时方去世，年逾六十。可能曾隐越中。

送禅师宗极归玉峰

背郭去归宿，头陀意颇浓。鹤争栖远树，猿斗上孤峰。夜戍经霜月，秋城过雨钟。由来无定止，何处访高踪。

《全唐诗》卷八二三。存疑。

寄独孤处士

林下别多年，相逢事渺然。扁舟浙水上，轻策剡山前。坐石吟杉月，眠云忆岛仙。何期归太白，伴我雪中禅。

《全唐诗补编·续拾》卷三〇，高似孙《剡录》卷四。

怀竺法深

荒斋增暑梦，数夕罢冥搜。南极高僧问，西园独鹤愁。兴生黄竹晚，吟断碧云秋。共是忘机者，何当卧沃洲。

《全唐诗补编·续拾》卷三〇，同治《嵊县志》卷二五《文翰志·方外》。

刘得仁

刘得仁（生卒年里不详），生年可能在800年左右。834至854年出入举场无所成的二十年间，曾游居越中。

送姚合郎中任杭州

水陆中分程，看花一月行。会稽山隔浪，天竺树连城。候吏赍鱼印，迎船载旆旌。渡江春始半，列屿草初生。

《全唐诗》卷五四四。

送越客归

霜薄东南地，江枫落未齐。众山离楚上，孤棹宿吴西。渚客留僧语，笼猿失子啼。到家冬即是，荷尽若耶溪。

《全唐诗》卷五四四。

宿宣义池亭

暮色绕柯亭，南山幽竹青。夜深斜舫月，风定一池星。岛屿无人迹，菰蒲有鹤翎。此中足吟眺，何用泛沧溟。

《全唐诗》卷五四四。柯亭，在绍兴西南。

题邵公禅院

无事门多掩，阴阶竹扫苔。劲风吹雪聚，渴鸟啄冰开。树向寒山得，人从瀑布来。终期天目老，擎锡逐云回。

《全唐诗》卷五四四，《天台前集》卷中。诗题一作《冬日题邵公院》。

冬日喜同志宿

相逢话清夜，言实转相知。共道名虽切，唯论命不疑。吟身坐霜石，眠鸟握风枝。别忆天台客，烟霞昔有期。

《全唐诗》卷五四四,《天台前集别编》。

云门寺

上方僧又起,清磬出林初。吟苦晓灯暗,露零秋草疏。旧山多梦到,流水送愁余。寄寺欲经岁,惭无亲故书。

《全唐诗》卷五四五,《会稽掇英总集》卷六。

朱庆馀

朱庆馀(生卒年不详),越州(今浙江绍兴)人。宝历二年(826)进士及第之前当居会稽,及第后仍归越。

泛　溪

曲渚回花舫,生衣卧向风。鸟飞溪色里,人语棹声中。余卉才分影,新蒲自作丛。前湾更幽绝,虽浅去犹通。

《全唐诗》卷五一四。

送顾非熊下第归

但取诗名远,宁论下第频。惜为今日别,共受几年贫。听雨宿吴寺,过江逢越人。知从本府荐,秋晚又辞亲。

《全唐诗》卷五一四。

送韦繇校书赴浙东幕

丞相辟书新，秋关独去人。官离芸阁早，名占甲科频。水驿迎船火，山城候骑尘。湖边寄家久，到日喜荣亲。

《全唐诗》卷五一四，《会稽掇英总集》卷一〇。

山 居

归来青壁下，又见满篱霜。转觉琴斋静，闲从菊地荒。山泉共鹿饮，林果让僧尝。时复收新药，随云过石梁。

《全唐诗》卷五一四。

与石昼秀才过普照寺

问人知寺路，松竹暗春山。潭黑龙应在，巢空鹤未还。经年为客倦，半日与僧闲。更共尝新茗，闻钟笑语间。

《全唐诗》卷五一四。一作张祜诗，见《全唐诗》卷五一〇，诗题作《题普贤寺》。

送僧游温州

夏满随所适，江湖非系缘。卷经离峤寺，隔苇上秋船。水落无风夜，猿啼欲雨天。石门期独往，谢守有遗篇。

《全唐诗》卷五一五。

送吴秀才之山西

泽潞西边路，兰桡北去人。出门谁恨别，投分不缘贫。杯酒从年少，知音在日新。东湖发诗意，夏卉竟如春。

《全唐诗》卷五一五。存疑。

和处州严郎中游南溪

四望非人境，从前洞穴深。潭清蒲远岸，岚积树无阴。看草初移屐，扪萝忽并簪。世嫌山水僻，谁伴谢公吟。

《全唐诗》卷五一五。

送僧往台岳

五城初罢讲，海上忆闲行。触雪麻衣静，登山竹锡轻。天寒岳寺出，日晚岛泉清。坐与幽期遇，何人识此情。

《全唐诗》卷五一五。台岳，指天台山。

送祝秀才归衢州

旧隐縠溪上，忆归年已深。学徒花下别，乡路雪边寻。骑吏陪春赏，江僧伴晚吟。高科如在意，当自惜光阴。

《全唐诗》卷五一五。

送虚上人游天台

青冥通去路，谁见独随缘。此地春前别，何山夜后禅。石桥隐深树，朱阙见晴天。好是修行处，师当住几年。

《全唐诗》卷五一五，《天台前集》卷中。

和处州韦使君新开南溪

地里光图谶，樵人共说深。悠然想高躅，坐使变荒岑。疏凿因殊旧，亭台亦自今。静容猿暂下，闲与鹤同寻。转旆驯禽起，褰帷瀑溜侵。石稀潭见底，岚暗树无阴。跻险难通屐，攀栖称抱琴。云风开物意，潭水识人心。携榼巡花遍，移舟惜景沉。世嫌山水僻，谁伴谢公吟。

《全唐诗》卷五一五。

送罗先辈书记归后却还闽中留别

同是越人从小别，忽归乡里见皆惊。湖边访旧知谁在，幕下留欢但觉荣。望岭又生红槿思，登车岂倦白云程。况当季父承恩日，廉问南州政已成。

《全唐诗》卷五一五。朱庆馀与罗劭权皆为会稽人。

送浙东陆中丞

坐将文教镇藩维，花满东南圣主知。公务肯容私暂入，丰年长与德相随。无贤不是朱门客,有子皆如玉树枝。自爱此身居乐土,咏歌林下日忘疲。

《全唐诗》卷五一五。

送元处士游天台

青冥路口绝人行,独与僧期上赤城。树列烟岚春更好,溪藏冰雪夜偏明。空山雉雊禾苗短,野馆风来竹气清。若过石桥看瀑布,不妨高处便题名。

《全唐诗》卷五一五,《天台前集》卷中。

台州郑员外郡斋双鹤

丹顶分明音响别,况闻来处隔云涛。情悬碧落飞何晚,立近清池意自高。向夜双栖惊玉漏,临轩对舞拂朱袍。仙郎为尔开笼早,莫虑回翔损羽毛。

《全唐诗》卷五一五,《天台前集》卷中。

送浙东周判官

久闻从事沧江外,谁谓无官已白头。来备戎装嘶数骑,去持丹诏入孤舟。蝉鸣远驿残阳树,鹭起湖田片雨秋。到日重陪丞相宴,镜湖新月在城楼。

《全唐诗》卷五一五。

过耶溪

春溪缭绕出无穷，两岸桃花正好风。恰是扁舟堪入处，鸳鸯飞起碧流中。

《全唐诗》卷五一五。

观　涛

木落霜飞天地清，空江百里见潮生。鲜飙出海鱼龙气，晴雪喷山雷鼓声。云日半阴川渐满，客帆皆过浪难平。高楼晓望无穷意，丹叶黄花绕郡城。

《全唐诗》卷五一五。

镜湖西岛言事

慵拙幸便荒僻地，纵闻猿鸟亦何愁。偶因药酒欺梅雨，却著寒衣过麦秋。岁计有余添橡实，生涯一半在渔舟。世人若便无知己，应向此溪成白头。

《全唐诗》卷五一五。一作方干诗，见《全唐诗》卷六五〇。

王　轩

王轩（生卒年里不详），大和时（827—835）进士。曾游越中。

王轩题西施石诗

岭上千峰秀,江边细草春。今逢浣纱石,不见浣纱人。

《全唐诗》卷八六六,《会稽掇英总集》卷一三。

轩　诗

佳人去千载,溪山久寂寞。野水浮白烟,岩花自开落。猿鸟旧清音,风月闲楼阁。无语立斜阳,幽情入天幕。

《全唐诗》卷八六六。此为王轩为托名西施诗的答诗。

轩　诗

当时计拙笑将军,何事安邦赖美人。一自仙葩入吴国,从兹越国更无春。

《全唐诗》卷八六六。此为王轩为托名西施诗的答诗。

西施(托名)

《全唐诗》卷八六六"鬼魂"诗录有西施诗三首,当为与王轩同时人托名之作。其《谢王轩》诗下序:"太和中进士王轩,少为诗,颇有才思。尝游西江,泊舟苎罗山下,题诗于石。俄见一女子自称西施,振琼珰,扶石笋,以诗酬谢,欢会而别。"

谢王轩

妾自吴宫还越国，素衣千载无人识。当时心比金石坚，今日为君坚不得。

《全唐诗》卷八六六。

西施诗

高花岩外晓相鲜，幽鸟雨中啼不歇。红云飞过大江西，从此人间怨风月。

《全唐诗》卷八六六。

西施诗

云霞出没群峰外，鸥鸟浮沉一水间。一自越兵齐振地，梦魂不到虎丘山。

《全唐诗》卷八六六。

陈陶（晚唐）

陈陶（803？—879？），长江以北人。大和末（835）自闽北上游浙东。

涂山怀古

落拓书剑晚，清秋鹰正笼。涂山间来上，敬爱如登龙。览古觉神王，翛然天地空。东南更何有，一醉先王风。惟昔放勋世，阴晦彻成洪。皇图化鱼鳖，天道漂无踪。帝乃命舟楫，掇芳儒素中。高陈九州力，百道驱归东。旧物复光明，洪炉再埏熔。经门不私子，足知天下公。亮曰那并生，唐虞禅华虫。兹山朝万国，一赋寰海同。十载有区宇，秋毫皆帝功。垂衣不骄德，子桀如何聋。握发闻礼贤，葺茅见卑宫。凡夫色难事，神圣安能恭。道隐三千年，遗芳播笙镛。当时执圭处，佳气仍童童。海屿俨清庙，天人盛祗供。玄恩及花木，丹谶名崆峒。异代草泽臣，何由树勋庸。尧阶未曾识，谁信平生忠。恨不当际会，预为执鞭僮。劳歌下山去，怀德心无穷。

《全唐诗》卷七四五。

旅次铜山途中先寄温州韩使君

乱山沧海曲，中有横阳道。束马过铜梁，苕华坐堪老。鸠鸣高崖裂，熊斗深树倒。绝壑无坤维，重林失苍昊。跻攀寡俦侣，扶接念舆皂。俯仰慄嵌空，无因掇灵草。梯穷闻戍鼓，魂续赖丘祷。敞豁天地归，萦纡村落好。悠悠思蒋径，扰扰愧商皓。驰想永嘉侯，应伤此怀抱。

《全唐诗》卷七四五。横阳，唐县名，属温州。

将进酒(节录)

金尊莫倚青春健,龌龊浮生如走电。琴瑟盘倾从世珠,黄泥局泻流年箭。麻姑爪秃瞳子昏,东皇肉角生鱼鳞。灵鳌柱骨半枯朽,骊龙德悔愁耕人。周孔蓍龟久沦没,黄蒿谁认贤愚骨。兔苑词才去不还,兰亭水石空明月。姮娥弄箫香雨收,江滨迸瑟鱼龙愁。……

《全唐诗》卷七四五。

钱塘对酒曲

风天雁悲西陵愁,使君红旗弄涛头。东海神鱼骑未得,江天大笑闲悠悠。嵯峨吴山莫夸碧,河阳经年一宵白。南州彩凤为君生,古狱愁蛇待恩泽。三清羽童来何迟,十二玉楼胡蝶飞。炎荒翡翠九门去,辽东白鹤无归期。鸱夷公子休悲悄,六鳌如镜天始老。尊前事去月团圆,琥珀无情忆苏小。

《全唐诗》卷七四五。

赠别离

碧玉飞天星坠地,玉剑分风交合水。杨柳听歌莫向隅,鸡鸣一石留髡醉。蹄轮送客沟水东,月娥挥手崦嵫峰。蛮天列嶂俨相待,风官扫道迎游龙。天姥剪霞铺晓空,漴漴大帝开明宫。文鲸掉尾四海通,分明瀑布收灵桐。山妖水魅骑旋风，魇梦啮魂黄瘴中。借君朗鉴入崆峒，灵光草照闲花红。

《全唐诗》卷七四五。

渡浙江

适越一轻艘，凌兢截鹭涛。曙光金海近，晴雪玉峰高。静寇思投笔，伤时欲钓鳌。壮心殊未展，登涉漫劳劳。

《全唐诗》卷七四五。

赋得池塘生春草

谢公遗咏处，池水夹通津。古往人何在，年来草自春。色宜波际绿，香异雨中新。今日青青意，空悲行路人。

《全唐诗》卷七四五。一作陈润诗，见《全唐诗》卷二七二。

赠温州韩使君

康乐风流五百年，永嘉铃阁又登贤。严城鼓动鱼惊海，华屋尊开月下天。内使笔锋光案牍，鄢陵诗句满山川。今来谁似韩家贵，越绝麾幢雁影连。

《全唐诗》卷七四六。

投赠福建路罗中丞

越艳新谣不厌听，楼船高卧静南溟。未闻建水窥龙剑，应喜家山接女星。三捷楷模光典策,一生封爵笑丹青。皇恩几日西归去,玉树扶疏正满庭。

《全唐诗》卷七四六。女星,婺女星,古谓婺州为婺女星之分野。

上建溪

崆峒一派泻苍烟,长揖丹丘逐水仙。云树杳冥通上界,峰峦回合下闽川。侵星愁过蛟龙国,采碧时逢婺女船。已判猿催鬓先白,几重滩濑在秋天。

《全唐诗》卷七四六。婺,婺州。

永嘉赠别

芳草温阳客,归心浙水西。临风青桂楫,几日白蘋溪。

《全唐诗》卷七四六。

双桂咏

青冥结根易倾倒,沃洲山中双树好。琉璃宫殿无斧声,石上萧萧伴僧老。

《全唐诗》卷七四六。

夏日怀天台

竹斋睡余柘浆清,麟凤诱我劳此生。勿忆天台掩书坐,涧云起尽红峥嵘。

《全唐诗》卷七四六,《天台前集》卷中。诗题一作《夏日有怀》。

春日行

鷤鸩初鸣洲渚满,龙蛇洗鳞春水暖。病多欲问山寺僧,湖上人传石桥断。

《全唐诗》卷七四六。

闽川梦归

千里潺湲建溪路,梦魂一夕西归去。龙舼欲上巴兽滩,越王金鸡报天曙。

《全唐诗》卷七四六。

闲居杂兴五首(其四)

越里娃童锦作襦,艳歌声压郢中姝。无人说向张京兆,一曲江南十斛珠。

《全唐诗》卷七四六。

泉州刺桐花咏兼呈赵使君(其二)

海曲春深满郡霞,越人多种刺桐花。可怜虎竹西楼色,锦帐三千阿母家。

《全唐诗》卷七四六。

镜道中吹箫

金栏白的善篸篷，双凤夜伴江南栖。十洲人听玉楼晓，空向千山桃杏枝。

《全唐诗》卷七四六。镜，疑指镜湖。

杜　牧

杜牧（803—853），京兆万年（今陕西西安）人。疑会昌六年（846）秋至大中二年（848）为睦州刺史时曾游越。

念昔游三首（其二）

云门寺外逢猛雨，林黑山高雨脚长。曾奉郊宫为近侍，分明㧐㧐羽林枪。

《全唐诗》卷五二一。"云门寺"字下原注："越州。"《会稽掇英总集》卷六，诗题作《游云门》。

除官归京睦州雨霁

秋半吴天霁，清凝万里光。水声侵笑语，岚翠扑衣裳。远树疑罗帐，孤云认粉囊。溪山侵两越，时节到重阳。顾我能甘贱,无由得自强。误曾公触尾,不敢夜循墙。岂意笼飞鸟,还为锦帐郎。网今开傅燮,书旧识黄香。姹女真虚语,饥儿欲一行。浅深须揭厉,休更学张纲。

《全唐诗》卷五二二。

寄浙东韩八评事

一笑五云溪上舟,跳丸日月十经秋。鬓衰酒减欲谁泥,迹辱魂惭好自尤。梦寐几回迷蛱蝶,文章应解伴牢愁。无穷尘土无聊事,不得清言解不休。

《全唐诗》卷五二三,《会稽掇英总集》卷一二。

寄珉笛与宇文舍人

调高银字声还侧,物比柯亭韵校奇。寄与玉人天上去,桓将军见不教吹。

《全唐诗》卷五二三。

题刘秀才新竹

数茎幽玉色,晓夕翠烟分。声破寒窗梦,根穿绿藓纹。渐笼当槛日,欲碍入帘云。不是山阴客,何人爱此君。

《全唐诗》卷五二四。

出 关

朝缨初解佐江濆，麋鹿心知自有群。汉囿猎稀慵献赋，楚山耕早任移文。卧归渔浦月连海，行望凤城花隔云。关吏不须迎马笑，去时无意学终军。

《全唐诗》卷五二六。此渔浦是否萧山之渔浦，存疑。

吴宫词二首(其一)

越兵驱绮罗，越女唱吴歌。宫烬花声少，台荒麋迹多。茱萸垂晓露，菡萏落秋波。无遣君王醉，满城嚬翠蛾。

《全唐诗》卷五二七。

赵 嘏

赵嘏(806？—852)，楚州山阳(今江苏淮阴)人。大和元年、二年间(827—828)，至大和五年(831)前后，曾游越。

送权先辈归觐信安

衣彩独归去，一枝兰更香。马嘶芳草渡，门掩百花塘。野色亭台晚，滩声枕簟凉。小斋松岛上，重叶覆书堂。

《全唐诗》卷五四九。

赠越客

故国波涛隔,明时心久留。献书双阙晚,看月五陵秋。南棹何当返,长江忆共游。定知钓鱼伴,相望在汀州。

《全唐诗》卷五四九。一作马戴诗,见《全唐诗》卷五五五。

越中寺居

迟客疏林下,斜溪小艇通。野桥连寺月,高竹半楼风。水静鱼吹浪,枝闲鸟下空。数峰相向绿,日夕郡城东。

《全唐诗》卷五四九。

发剡中

正怀何谢俯长流,更览余封识嵊州。树色老依官舍晚,溪声凉傍客衣秋。南岩气爽横郛郭,天姥云晴拂寺楼。日暮不堪还上马,蓼花风起路悠悠。

《全唐诗》卷五四九。诗题下原注:"武德中置嵊州。"一作薛逢诗,见《全唐诗》卷五四八,诗题作《早发剡山》。当为赵嘏作,薛逢未到浙东。

九日陪越州元相燕龟山寺

佳晨何处泛花游,丞相筵开水上头。双影旆摇山雨霁,一声歌动寺云秋。林光静带高城晚,湖色寒分半槛流。共贺万家逢此节，可怜风物似荆州。

《全唐诗》卷五四九。

早发剡中石城寺

暂息劳生树色间，平明机虑又相关。吟辞宿处烟霞去，心负秋来水石闲。竹户半开钟未绝，松枝静霁鹤初还。明朝一倍堪惆怅，回首尘中见此山。

《全唐诗》卷五四九。

淮信贺滕迈台州

凋瘵民思太古风，上贤绥辑副宸衷。舟移清镜禹祠北，路转翠屏天姥东。旌旆影前横竹马，咏歌声里乐樵童。遥知到郡沧波晏，三岛离离一望中。

《全唐诗》卷五四九。《天台前集别编》，诗题作《淮信贺滕迈知台州》。

今年新先辈以遏密之际每有宴集必资清谈书此奉贺

天上高高月桂丛，分明三十一枝风。满怀春色向人动，遮路乱花迎马红。鹤驭回飘云雨外，兰亭不在管弦中。居然自是前贤事，何必青楼倚翠空。

《全唐诗》卷五四九。

浙东陪元相公游云门寺

松下山前一径通,烛迎千骑满山红。溪云乍敛幽岩雨,晓气初高大旆风。小槛宴花容客醉,上方看竹与僧同。归来吹尽严城角,路转横塘乱水东。

《全唐诗》卷五四九,《会稽掇英总集》卷六。

送张又新除温州

东晋江山称永嘉,莫辞红旆向天涯。凝弦夜醉松亭月,歇马晓寻溪寺花。地与剡川分水石,境将蓬岛共烟霞。却愁明诏征非晚,不得秋来见海槎。

《全唐诗》卷五四九。

送剡客

两重江外片帆斜,数里林塘绕一家。门掩右军余水石,路横诸谢旧烟霞。扁舟几处逢溪雪,长笛何人怨柳花。若到天台洞阳观,葛洪丹井在云涯。

《全唐诗》卷五四九,《天台前集》卷中。一作薛逢诗,见《全唐诗》卷五四八。

越中寺居寄上主人

野寺初容访静来,晚晴江上见楼台。中林有路到花尽,一日无人看竹回。自晒诗书经雨后,别留门户为僧开。苦心若是酬恩事，不敢吟春忆酒杯。

《全唐诗》卷五四九。

浙东赠李副使员外

妙尽戎机佐上台，少年清苦自霜台。马嘶深竹闲宜贵，花拂朱衣美称才。早入半缘分务重，晚吟多是看山回。名高渐少翻飞伴，几度烟霄独去来。

《全唐诗》卷五四九。

题曹娥庙

青娥埋没此江滨，江树飕飗惨暮云。文字在碑碑已堕，波涛辜负色丝文。

《全唐诗》卷五五〇。

宛陵望月寄沈学士

一川如画敬亭东，待诏闲游处处同。天竺山前镜湖畔，何如今日庾楼中。

《全唐诗》卷五五〇。

翡翠岩

芙蓉幕里千场醉，翡翠岩前半日闲。惆怅晋朝人不到，谢公抛力上东山。

《全唐诗》卷五五〇。

婺州宴上留别

双溪楼影向云横，歌舞高台晚更清。独自下楼骑瘦马，摇鞭重入乱蝉声。

《全唐诗》卷五五〇。诗题一作《婺州宴留上萧员外》。

游云门

五云溪影里，万虑淡凉天。红叶斜阶日，清风满寺蝉。几多长道路，一晌暂留连。惜别疏钟去，看山坐水边。

《会稽掇英总集》卷六。

十四岁

花襟飘飘烂柯仙，彩袂楚楚东床贤。已临冰玉见师表，岂独喉舌生云烟。自喜拜郎春照地，谁论为后月横天。才高不就西曹选，万里清风起别筵。

《增订注释全唐诗》卷五四三，《敦煌遗书》斯六一九。原题《读史编年诗》。

廿五岁

桂阳材业持中权，南康帝子哀缠绵。颛孙束带俟宾客，支遁扣寂披云泉。吴会著书罗宿彦,齐梁筮仕见初年。不言百岁半中半,宁睹当时曲水篇。

《增订注释全唐诗》卷五四三,《敦煌遗书》斯六一九。支遁扣寂披云泉,支遁二十五岁出家,投迹剡山,于沃洲小岭立寺行道。

姚 鹄

姚鹄(约808—?),蜀(今四川)人。咸通十三年(872)前后为台州刺史。

和陕州参军李通微首夏书怀呈同寮张裳段群二先辈

公门何事更相牵,邵伯优贤任养闲。满院落花从覆地,半檐初日未开关。寻仙郑谷烟霞里,避暑柯亭树石间。独为高怀谁和继,掾曹同处桂同攀。

《全唐诗》卷五五三。

玉真观寻赵尊师不遇

羽客朝元昼掩扉,林中一径雪中微。松阴绕院鹤相对,山色满楼人未归。尽日独思风驭返,寥天几望野云飞。凭高目断无消息,自醉自吟愁落晖。

《全唐诗》卷五五三,《天台前集》卷下。

送贺知章入道

若非尧运及垂衣,肯许巢由脱俗机。太液始同黄鹤下,仙乡已驾白云归。还披旧褐辞金殿,却捧玄珠向翠微。羁束惭无仙药分,随车空有梦魂飞。

《全唐诗》卷五五三。诗题下原注:"一本题上有拟字。"《会稽掇英总集》卷二,诗题作《送贺秘监归会稽应制》。

行桐柏山

际海礼冰碧,穿云来玉清。千山盘鸟道,十里入猿声。草木飘香异,云霞引步轻。谁言鳌顶上,此处是蓬莱。

《全唐诗补编·续补遗》卷七。

项　斯

项斯(802?—847?),台州临海(今属浙江)人。幼年少年当在台州度过。据其诗,曾游衢州。

寄石桥僧

逢师入山日,道在石桥边。别后何人见,秋来几处禅。溪中云隔寺，夜半雪添泉。生有天台约，知无却出缘。

《全唐诗》卷五五四，《天台前集》卷中。

题太白山隐者

高居在幽岭，人得见时稀。写篆扃虚白，寻僧到翠微。扫坛星下宿，收药雨中归。从服小还后，自疑身解飞。

《全唐诗》卷五五四。

病中怀王展先辈在天台

枕上用心静，唯应改旧诗。强行休去早，暂卧起还迟。因说来归处，却愁初病时。赤城山下寺，无计得相随。

《全唐诗》卷五五四，《天台前集》卷中。

送顾少府

作尉年犹少，无辞去路赊。渔舟县前泊，山吏日高衙。幽景临溪寺，秋蝉织杼家。行程须过越，先醉镜湖花。

《全唐诗》卷五五四。诗题一作《送顾逢尉永康》。

华顶道者

仙人掌中住，生有上天期。已废烧丹处，犹多种杏时。养龙于浅水，寄鹤在高枝。得道复无事，相逢尽日棋。

《全唐诗》卷五五四,《天台前集别编》。

游烂柯山

步步出尘氛,溪山别是春。坛边时过鹤,棋处寂无人。访古碑多缺,探幽路不真。翻疑归去晚,清世累移晨。

《全唐诗》卷五五四。

送友人之永嘉

长贫知不易,去计拟何逃。相对人愁别,经过几处劳。城连沙岫远,山断夏云高。犹想成诗处,秋灯半照涛。

《全唐诗》卷五五四。

归家山行

献赋才何拙,经时不耻归。能知此意是,甘取众人非。遍陇耕无圃,缘溪钓有矶。此怀难自遣,期在振儒衣。

《全唐诗》卷五五四。存疑。

江村夜泊

日落江路黑,前村人语稀。几家深树里,一火夜渔归。

《全唐诗》卷五五四。存疑。

落第后归觐喜逢僧再阳

相逢须强笑,人世别离频。去晓长侵月,归乡动隔春。见僧心暂静,从俗事多屯。宇宙诗名小,山河客路新。翠桐犹入爨,青镜未辞尘。逸足常思骥,随群且退鳞。宴乖红杏寺,愁在绿杨津。羞病难为药,开眉懒顾人。

《全唐诗》卷五五四。

送越僧元瑞

静中无伴侣,今亦独随缘。昨夜离空室,焚香净去船。

《全唐诗》卷五五四。

寄剡溪友

歇马亭西酒一卮,半年闲事亦堪悲。船横镜水人眠后,蓼暗松江雁下时。山晚迴寻萧寺宿,雪寒谁与戴家期。夜来忽觉秋风急,应有鲈鱼触钓丝。

《全唐诗补编·续拾》卷三〇,高似孙《剡录》卷六。

宿云门寺

松叶重重覆径微,黄昏溪上见人稀。月明半寺客初到,风动闲门僧未归。山果经霜多自落,水萤穿竹不停飞。行人始得中宵卧,又被钟声催著衣。

《会稽掇英总集》卷六。

句

更望会稽何处是,沙连竹箭白鹇群。

《全唐诗》卷五五四。

马　戴

马戴(生卒年不详),曲阳(今属江苏)人。曾游天台。

送僧归闽中旧寺

寺隔海山遥,帆前落叶飘。断猿通楚塞,惊鹭出兰桡。星月浮波岛,烟萝渡石桥。钟声催野饭,秋色落寒潮。旧社人多老,闲房树半凋。空林容病士,岁晚待相招。

《全唐诗》卷五五五。此是否天台山之石桥,存疑。

浙江夜宿

落帆人更起,露草满汀洲。远狖啼荒峤,孤萤溺漫流。积阴开片月,爽气集高秋。去去胡为恋,搴芳时一游。

《全唐诗》卷五五五。

题僧禅院

虚室焚香久，禅心悟几生。滤泉侵月起，扫径避虫行。树隔前朝在，苔滋废渚平。我来风雨夜，像设一灯明。

《全唐诗》卷五五五。诗题一作《题兴善寺英律师院》。

题青龙寺镜公房

一室意何有，闲门为我开。炉香寒自灭，履雪饭初回。窗迥孤山入，灯残片月来。禅心方此地，不必访天台。

《全唐诗》卷五五五。

寄剡中友人

故人今在剡，秋草意如何。岭暮云霞杂，潮回岛屿多。沃洲僧几访，天姥客谁过。岁晚偏相忆，风生隔楚波。

《全唐诗》卷五五六。

山中寄姚合员外

朝与城阙别，暮同麋鹿归。鸟鸣松观静，人过石桥稀。木叶摇山翠，泉痕入涧扉。敢招仙署客，暂此拂朝衣。

《全唐诗》卷五五六。

送顾少府之永康

婺女星边去，春生即有花。寒关云复雪，古渡草连沙。宿次吴江晚，行侵日徼斜。官传梅福政，县顾赤松家。烧起明山翠，潮回动海霞。清高宜阅此，莫叹近天涯。

《全唐诗》卷五五六。

赠别空公

云门秋却入，微径寂无人。后夜中峰月，空林百纳身。寂寥寒磬尽，盥漱瀑泉新。履迹复谁见，松枝扫石尘。

《全唐诗》卷五五六。《会稽掇英总集》卷六，诗题作《再游云门宿空上人故院》。

赠禅僧

弟子人天遍，童年在沃洲。开禅山木长，浣衲海沙秋。振锡摇汀月，持瓶接瀑流。赤城何日上，鄙愿从师游。

《全唐诗》卷五五六，《天台前集》卷中。

中秋夜坐有怀

秋光动河汉，耿耿曙难分。堕露垂丛药，残星间薄云。心悬赤城峤，志向紫阳君。雁过海风起，萧萧时独闻。

《全唐诗》卷五五六，《天台前集》卷中。

送道友入天台山作

却忆天台去，移居海岛空。观寒琪树碧，雪浅石桥通。漱齿飞泉外，餐霞早境中。终期赤城里，披氅与君同。

《全唐诗》卷五五六，《天台前集》卷中。

朱可名

朱可名（生卒年不详），越州（今浙江绍兴）人。会昌中（841—846）进士。

应举日寄兄弟

废刈镜湖田，上书紫阁前。愁人久委地，诗道未闻天。不是烧金手，徒抛钓月船。多惭兄弟意，不敢问林泉。

《全唐诗》卷五五七。

文　鉴

文鉴（生卒年不详），会昌间（841—846）苏州僧。

题马迹山

瀛洲西望沃洲山，山在平湖缥缈间。常说使君千里马，至今龙迹尚堪攀。

《全唐诗》卷八五〇。

方　干

方干(809—888?),睦州清溪(今浙江淳安)人。应举不第而隐居会稽。后时时外出漫游,或归睦州故里,咸通五年至乾符元年间(864—874),基本隐居会稽。

采　莲

采莲女儿避残热,隔夜相期侵早发。指剥春葱腕似雪,画桡轻拨蒲根月。兰舟尺速有输赢,先到河湾赌何物。才到河湾分首去,散在花间不知处。

《全唐诗》卷六四八。

旅次钱塘

此地似乡国,堪为朝夕吟。云藏吴相庙,树引越山禽。潮落海人散,钟迟秋寺深。我来无旧识,谁见寂寥心。

《全唐诗》卷六四八。

别喻凫

知心似古人,岁久分弥亲。离别波涛阔,留连槐柳新。蟆陵寒贯酒，渔浦夜垂纶。自此星居后，音书岂厌频。

《全唐诗》卷六四八。

镜中别业二首

寒山压镜心，此处是家林。梁燕窥春醉，岩猿学夜吟。云连平地起，月向白波沉。犹自闻钟角，栖身可在深。

世人如不容，吾自纵天慵。落叶凭风扫，香秔倩水舂。花朝连郭雾，雪夜隔湖钟。身外无能事，头宜白此峰。

《全唐诗》卷六四八。诗题一作《镜湖西岛闲居》。

湖上言事寄长城喻明府

吟霜与卧云，此兴亦甘贫。吹箭落翠羽，垂丝牵锦鳞。满湖风撼月，半日雨藏春。却笑萦簪组，劳心字远人。

《全唐诗》卷六四八。湖，指镜湖。

涵碧亭

高低竹杂松，积翠复留风。路极阴溪里，寒生暑气中。闲云低覆草，片水静涵空。方见洋源牧，心侔造化功。

《全唐诗》卷六四八。诗题下原注："洋州于中丞宰东阳日置。"

登雪窦僧家

登寺寻盘道，人烟远更微。石窗秋见海，山霭暮侵衣。众木随僧老，高泉尽日飞。谁能厌轩冕，来此便忘机。

《全唐诗》卷六四九。诗题一作《书窦云禅者壁》。雪窦，四明山别峰。

处州洞溪

气象四时清，无人画得成。众山寒叠翠，两派绿分声。坐月何曾夜，听松不似晴。混元融结后，便有此溪名。

《全唐诗》卷六四九。

称心寺中岛

水木深不极，似将星汉连。中州唯此地，上界别无天。雪折停猿树，花藏浴鹤泉。师为终老意，日日复年年。

《全唐诗》卷六四九。称心寺，寺名，在越州沃洲山。

题雪窦禅师壁

飞泉溅禅石，瓶注亦生苔。海上山不浅，天边人自来。长年随桧柏，独夜任风雷。猎者闻疏磬，知师入定回。

《全唐诗》卷六四九。诗题一作《赠雪窦峰禅师》。

送剡县陈永秩满归越

俸禄三年后，程途一月间。舟中非客路，镜里是家山。密雪沾行袂,离杯变别颜。古人唯贺满,今挈解由还。

《全唐诗》卷六四九。

游竹林寺

得路到深寺,幽虚曾识名。藓浓阴砌古,烟起暮香生。曙月落松翠,石泉流梵声。闻僧说真理,烦恼自然轻。

《全唐诗》卷六四九。

寒食宿先天寺无可上人房

双扉桧下开,寄宿石房苔。幡北灯花动,城西雪霰来。收棋想云梦,罢茗议天台。同忆前年腊,师初白阁回。

《全唐诗》卷六四九。

赠江南僧

忘机室亦空,禅与沃州同。唯有半庭竹,能生竟日风。思山海月上,出定印香终。继后传衣者,还须立雪中。

《全唐诗》卷六四九。一作贯休诗,见《全唐诗》卷八二九,诗题作《题简禅师院》。

送友及第归浙东

南行无俗侣,秋雁与寒云。野趣自多惬,乡名人共闻。吴山中路断,浙水半江分。此地登临惯,摅情一送君。

《全唐诗》卷六四九。

题慈溪张丞壁

因君贰邑蓝溪上,遣我维舟红叶时。共向乡中非半面,俱惊鬓里有新丝。伫看孤洁成三考,应笑愚疏舍一枝。貌似故人心尚喜,相逢况是旧相知。

《全唐诗》卷六五〇。慈溪,在浙东。

赠邻居袁明府

隔竹每呼皆得应,二心亲熟更如何。文章锻炼犹相似,年齿参差不校多。雨后卷帘看越岭,更深欹枕听湖波。朝昏幸得同醒醉,遮莫光阴自下坡。

《全唐诗》卷六五〇。

漳州阳亭言事寄于使君

谢守登城对远峰,金英泛泛满金钟。楼头风景八九月,床下水云千万重。红旆朝昏虽许近,清才今古定难逢。鲤鱼纵是凡鳞鬣,得在膺门合作龙。

《全唐诗》卷六五〇。谢守,谢灵运曾为永嘉太守。

题睦州郡中千峰榭

岂知平地似天台，朱户深沉别径开。曳响露蝉穿树去，斜行沙鸟向池来。窗中早月当琴榻，墙上秋山入酒杯。何事此中如世外，应缘羊祜是仙才。

《全唐诗》卷六五〇。

和于中丞登扶风亭

避石攀萝去不迷，行时举步似丹梯。东轩海日已先照，下界晨鸡犹未啼。郭里云山全占寺，村前竹树半藏溪。谢公吟望多来此，此地应将岘首齐。

《全唐诗》卷六五〇。谢公，谢灵运。谢灵运为永嘉太守时，多有登临题咏。

漳州于使君罢郡如之任漳南去上国二十四州使君无非亲故

漳南罢郡如之任，二十四州相次迎。泊岸旗幡邮吏拜，连山风雨探人行。月中倚棹吟渔浦，花底垂鞭醉凤城。圣主此时思共理，又应何处救苍生。

《全唐诗》卷六五〇。

送弟子伍秀才赴举

天遣相门延积庆，今同太庙荐嘉宾。柳条此日同谁折，桂树明年为尔春。倚棹寒吟渔浦月,垂鞭醉入凤城尘。由来不要文章得,要且文章出众人。

《全唐诗》卷六五〇。

贻高谠

都缘相府有宗兄,却恐妨君正路行。石上长松自森秀,雪中孤玉更凝明。西陵晓月中秋色,北固军鼙半夜声。幸有清才与洪笔,何愁高节不公卿。

《全唐诗》卷六五〇。

自缙云赴郡溪流百里轻棹一发曾不崇朝叙事四韵寄献段郎中

激箭溪湍势莫凭,飘然一叶若为乘。仰瞻青壁开天罅,斗转寒湾避石棱。巢鸟夜惊离岛树,啼猿昼怯下岩藤。此中明日寻知己,恐似龙门不易登。

《全唐诗》卷六五〇。缙云,在处州。段郎中,段成式,大中九年至十年(855—856)为处州刺史。

胡中丞早梅

不独闲花不共时,一株寒艳尚参差。凌晨未喷含霜朵,应候先开亚水枝。芬郁合将兰并茂,凝明应与雪相宜。谢公吟赏愁飘落,可得更拈长笛吹。

《全唐诗》卷六五〇。

送人宰永泰

北人虽泛南流水，称意南行莫恨赊。道路先经毛竹岭，风烟渐近刺桐花。舟停渔浦犹为客，县入樵溪似到家。下马政声王事少，应容闲吏日高衙。

《全唐诗》卷六五〇。

赠处州段郎中

幸见仙才领郡初，郡城孤峭似仙居。杉萝色里游亭榭，瀑布声中阅簿书。德重自将天子合，情高元与世人疏。寒潭是处清连底，宾席何心望食鱼。

《全唐诗》卷六五〇。

书法华寺上方禅壁

砌下松巅有鹤栖，孤猿亦在鹤边啼。卧闻雷雨归岩早，坐见星辰去地低。一径穿缘应就郭，千花掩映似无溪。是非生死多忧恼，此日蒙师为破迷。

《全唐诗》卷六五〇，《会稽掇英总集》卷八。

陪王大夫泛湖

去去凌晨回见星，木兰舟稳画桡轻。白波潭上鱼龙气，红树林中鸡犬声。蜜炬烧残银汉昃,羽觞飞急玉山倾。此时检点诸名士,却是渔翁无姓名。

《全唐诗》卷六五〇。王大夫,王龟,咸通十三年至乾符元年(872—874)为越州刺史、御史大夫、浙东观察使。

赠会稽张少府

高节何曾似任官,药苗香洁备常餐。一分酒户添犹得,五字诗名隐即难。笑我无媒生鹤发,知君有意忆渔竿。明年莫便还家去,镜里云山且共看。

《全唐诗》卷六五〇,《会稽掇英总集》卷一二。

因话天台胜异仍送罗道士

积翠千层一径开,遥盘山腹到琼台。藕花飘落前岩去,桂子流从别洞来。石上丛林碍星斗,窗边瀑布走风雷。纵云孤鹤无留滞,定恐烟萝不放回。

《全唐诗》卷六五〇,《天台前集》卷中。

湖北有茅斋湖西有松岛轻棹往返颇谐素心因成四韵

湖北湖西往复还,朝昏只处自由间。暑天移榻就深竹,月夜乘舟归浅山。绕砌紫鳞欹枕钓,垂檐野果隔窗攀。古贤暮齿方如此,多笑愚儒鬓未斑。

《全唐诗》卷六五〇。湖,指镜湖,湖中有松岛。隐居镜湖作。

赠萧山彭少府

作尉孜孜更寒苦,操心至癖不为清。虽将剑鹤支残债,犹有歌篇取盛名。尽拟勤求为弟子,皆将疑义问先生。与君相识因儒术,岁月弥多别有情。

《全唐诗》卷六五〇。

山中言事

日与村家事渐同,烧松啜茗学邻翁。池塘月撼芙蕖浪,窗户凉生薜荔风。书幌昼昏岚气里,巢枝俯折雪声中。山阴钓叟无知己,窥镜挦多鬓欲空。

《全唐诗》卷六五一。

送王霖赴举

自古主司看荐士,明年应是不参差。须凭吉梦为先兆,必恐长才偶盛时。北阙上书冲雪早,西陵中酒趁潮迟。郄诜可要真消息,只向春前便得知。

《全唐诗》卷六五一。

思越中旧游寄友

甸外山川无越国,依稀只似剑门西。镜中叠浪摇星斗,城上繁花咽鼓鼙。断臂青猿啼玉笥,成行白鸟下耶溪。此中曾是同游处,迢递寻君梦不迷。

《全唐诗》卷六五一,《会稽掇英总集》卷一二。

越中言事二首

异术闲和合圣明,湖光浩气共澄清。郭中云吐啼猿寺,山上花藏调角城。香起荷湾停棹饮,丝垂柳陌约鞭行。游人今日又明日,不觉镜中新发生。
云霞水木共苍苍,元化分功秀一方。百里湖波轻撼月,五更军角慢吹霜。沙边贾客喧鱼市,岛上潜夫醉笋庄。终岁逍遥仁术内,无名甘老买臣乡。

《全唐诗》卷六五一,《会稽掇英总集》卷一三。诗题下原注:“咸通八年琅琊公到任后作。”

题龙瑞观兼呈徐尊师

或雨或云常不定,地灵云雨自无时。世人莫识神方字,仙鸟偏栖药树枝。远壑度年如晦暝,阴溪入夏有凌澌。此中唯有师知我,未得寻师即梦师。

《全唐诗》卷六五一。

送吴彦融赴举

用心精至自无疑,千万人中似汝稀。上国才将五字去,全家便待一枝归。西陵柳路摇鞭尽,北固潮程挂席飞。想见明年榜前事,当时分散著来衣。

《全唐诗》卷六五一。

同萧山陈长官县楼登望

坐看南北与西东,远近无非礼义中。一县繁花香送雨,五株垂柳绿牵风。寒涛背海喧还静,驿路穿林断复通。仲叔受恩多感恋,裴回却怕酒壶空。

《全唐诗》卷六五一。

雪中寄殷道士

大片纷纷小片轻,雨和风击更纵横。园林入夜寒光动,窗户凌晨湿气生。蔽野吞村飘未歇,摧巢压竹密无声。山阴道士吟多兴,六出花边五字成。

《全唐诗》卷六五一。

题宝林山禅院

山捧亭台郭绕山,遥盘苍翠到山巅。岩中古井虽通海,窟里阴云不上天。罗列众星依木末,周回万室在檐前。我来可要归禅老,一寸寒灰已达玄。

《全唐诗》卷六五一。宝林山,在会稽。

题越州袁秀才林亭

清邃林亭指画开，幽岩别派像天台。坐牵蕉叶题诗句，醉触藤花落酒杯。白鸟不归山里去，红鳞多自镜中来。终年此地为吟伴，早起寻君薄暮回。

《全唐诗》卷六五一，《会稽掇英总集》卷一五。

题龟山穆上人院

修持百法过半百，日往月来心更坚。床上水云随坐夏，林西山月伴行禅。寒蜩远韵来窗里，白鸟斜行起砌边。我爱寻师师访我，只应寻访是因缘。

《全唐诗》卷六五一。

初归镜中寄陈端公

去岁离家今岁归，孤帆梦向鸟前飞。必知芦笋侵沙井，兼被藤花占石矶。云岛采茶常失路，雪龛中酒不关扉。故交若问逍遥事，玄冕何曾胜苇衣。

《全唐诗》卷六五一。

再题龙泉寺上方

牛斗正齐群木末，鸟行横截众山腰。路盘砌下兼穿竹，井在岩头亦统潮。海岸四更看日出，石房三月任花烧。未能割得繁华去，难向此中甘寂寥。

《全唐诗》卷六五一。龙泉寺，唐时多地有龙泉寺。方干常居会稽。越州余姚县西有龙泉山，诗所写龙泉寺疑在此。

叙钱塘异胜

暖景融融寒景清，越台风送晓钟声。四郊远火烧烟月，一道惊波撼郡城。夜雪未知东岸绿，春风犹放半江晴。谢公吟处依稀在，千古无人继盛名。

《全唐诗》卷六五一。

赠中岩王处士

垂杨袅袅草芊芊，气象清深似洞天。援笔便成鹦鹉赋，洗花须用桔槔泉。商於避世堪同日，渭曲逢时必有年。直恐刚肠闲未得，醉吟争奈被才牵。

《全唐诗》卷六五一。赤城有中岩寺。《全唐诗》卷六七三有《题赤城中岩寺》。

归睦州中路寄侯郎中

颜巷萧条知命后，膺门感激受恩初。却容鹤发还蜗舍，犹梦渔竿从隼旟。新定暮云吞故国，会稽春草入贫居。乡中自古为儒者，谁得公侯降尺书。

《全唐诗》卷六五一。

送永嘉王令之任二首

定拟孜孜化海边，须判素发侮流年。波涛不应双溪水，分野长如二月天。浮客若容开荻地，钓翁应免税苔田。前贤未必全堪学，莫读当时归去篇。
虽展县图如到县，五程犹入缙云东。山间阁道盘岩底，海界孤峰在浪中。礼法未闻离汉制，土宜多说似吴风。字人若用非常术，唯要旬时便立功。

《全唐诗》卷六五一。

李户曹小妓天得善击越器以成曲章

越器敲来曲调成，腕头匀滑自轻清。随风摇曳有余韵，测水浅深多泛声。昼漏丁当相续滴，寒蝉计会一时鸣。若教进上梨园去，众乐无由更擅名。

《全唐诗》卷六五一。

和剡县陈明府登县楼

郭里人家如掌上，檐前树木映窗棂。烟霞若接天台地，分野应侵婺女星。驿路古今通北阙，仙溪日夜入东溟。彩衣才子多吟啸，公退时时见画屏。

《全唐诗》卷六五一。

赠天台叶尊师

莫见平明离少室，须知薄暮入天台。常时爱缩山川去，有夜自携星月来。灵药不知何代得，古松应是长年栽。先生暗笑看棋者，半局棋边白发催。

《全唐诗》卷六五二，《天台前集》卷中。

寄台州孙从事百篇

圣世科名酬志业，仙州秀色助神机。梅真入仕提雄笔，阮瑀从军著彩衣。昼寝不知山雪积，春游应趁夜潮归。相思莫讶音书晚，鸟去犹须叠日飞。

《全唐诗》卷六五二，《天台前集》卷中。诗题下原注："登第初授华亭尉。"

登龙瑞观北岩

纵目下看浮世事，方知峭崿与天通。湖边风力归帆上，岭顶云根在雪中。促韵寒钟催落照，斜行白鸟入遥空。前人去后后人至，今古异时登眺同。

《全唐诗》卷六五二。

送婺州许录事

之官便是还乡路，白日堂堂著锦衣。八咏遗风资逸兴，二溪寒色助清威。曙星没尽提纲去,暝角吹残锁印归。笑我中年更愚僻,醉醒多在钓渔矶。

《全唐诗》卷六五二。

题龙泉寺绝顶

未明先见海底日,良久远鸡方报晨。古树含风长带雨,寒岩四月始知春。中天气爽星河近,下界时丰雷雨匀。前后登临思无尽,年年改换去来人。

《全唐诗》卷六五二。

赠上虞胡少府百篇

求仙不在炼金丹,轻举由来别有门。日晷未移三十刻,风骚已及四千言。宏才尚遗居卑位,公道何曾雪至冤。敛板尘中无恨色,应缘利禄副晨昏。

《全唐诗》卷六五二。

僧院小泉井

亦恐浅深同禹穴,兼云制度象污樽。窥寻未见泉来路,缅想应穿石裂痕。片段似冰犹可把,澄清如镜不曾昏。欲知到底无尘染,堪与吾师比性源。

《全唐诗》卷六五二。

送孙百篇游天台

东南云路落斜行，入树穿村见赤城。远近常时皆药气，高低无处不泉声。映岩日向床头没，湿烛云从柱底生。更有仙花与灵鸟，恐君多半未知名。

《全唐诗》卷六五二，《天台前集》卷中。

题盛令新亭

举目岂知新智慧，存思便是小天台。偶尝嘉果求枝去，因问名花寄种来。春物诱才归健笔，夜歌牵醉入丛杯。此中难遇逍遥事，计日应为印绶催。

《全唐诗》卷六五二。

送缙陵王少府赴举

相看不忍尽离觞，五两牵风速去樯。远驿新砧应弄月，初程残角未吹霜。越山直下分吴苑，淮水横流入楚乡。珍重郄家好兄弟，明年禄位在何方。

《全唐诗》卷六五二。

路入剡中作

戴湾冲濑片帆通，高枕微吟到剡中。掠草并飞怜燕子，停桡独饮学渔翁。波涛漫撼长潭月，杨柳斜牵一岸风。便拟乘槎应去得，仙源直恐接星东。

《全唐诗》卷六五二。“戴湾”，《全唐诗》作“截湾”，据《会稽掇英总集》卷四改。

东山瀑布

遥夜看来疑月照，平明失去被云迷。挂岩远势穿松岛，击石残声注稻畦。素色喷成三伏雪，余波流作万年溪。不缘真宰能开决，应向前山杂淤泥。

《全唐诗》卷六五二。越州上虞有东山。

献浙东王大夫二首

出镇当时移越俗，致君何日不尧年。到来唯饮长溪水，归去应将一个钱。吟处美人擎笔砚，行时飞鸟避旌旃。四方皆是分忧寄，独有东南戴二天。

王臣夷夏仰清名，领镇犹为失意行。已见玉璜曾上钓，何愁金鼎不和羹。誉将星月同时朽，身应山河满数生。泥滓云霄至悬阔，渔翁不合见公卿。

《全唐诗》卷六五二。

越州使院竹

莫见凌风飘粉箨，须知碍石作盘根。细看枝上蝉吟处，犹是笋时虫蚀痕。月送绿阴斜上砌，露凝寒色湿遮门。列仙终日逍遥地，鸟雀潜来不敢喧。

《全唐诗》卷六五二。

送王侍郎浙东入朝

自将苦节酬清秩，肯要庞眉一个钱。恩爱已苏句践国，程途却上大罗天。鱼池菊岛还公署，沙鹤松栽入画船。密奏无非经济术，从容几刻在炉烟。

《全唐诗》卷六五二。

献王大夫二首

都缘声价振皇州，高卧中条不自由。早副急征来凤沼，常陪内宴醉龙楼。锵金五字能援笔，钓玉三年信直钩。必恐借留终不遂，越人相顾已先愁。
功成犹自更行春，塞路旌旗十里尘。只用篇章为教化，不知夷夏望陶钧。金章照耀浮光动，玉面生狞细步匀。历任圣朝清峻地，至今依是少年身。

《全唐诗》卷六五二。

处州献卢员外

才下轺车即岁丰，方知盛德与天通。清声渐出寰瀛外，喜气全归教化中。落地遗金终日在，经年滞狱当时空。直缘后学无功业，不虑文翁不至公。

《全唐诗》卷六五二。

石门瀑布

奔倾漱石亦喷苔,此是便随元化来。长片挂岩轻似练,远声离洞咽于雷。气含松桂千枝润,势画云霞一道开。直是银河分派落,兼闻碎滴溅天台。

《全唐诗》卷六五二,《天台前集》卷中。

题仙岩瀑布呈陈明府

方知激蹙与喷飞,直恐古今同一时。远壑流来多石脉,寒空扑碎作凌澌。谢公岩上冲云去,织女星边落地迟。聚向山前更谁测,深沉见底是澄漪。

《全唐诗》卷六五二。仙岩,在嵊州北。

赠山阴崔明府

用心何况两衙间,退食孜孜亦不闲。压酒晒书犹检点,修琴取药似交关。笙歌入夜舟中月,花木知春县里山。平叔正堪汤饼试,风流不合问年颜。

《全唐诗》卷六五二。

送钱特卿赴职天台

路入仙溪气象清,垂鞭树石罅中行。雾昏不见西陵岸,风急先闻瀑布声。山下县寮张乐送,海边津吏棹舟迎。诗家弟子无多少,唯只于余别有情。

《全唐诗》卷六五二,《天台前集别编》。

哭王大夫

俗人皆嫉谢临川,果中常情□□□。为政旧规方利国,降生直性已归天。岘亭惋咽知无极,渭曲馨香莫计年。从此心丧应毕世,忍看坟草读残篇。

《全唐诗》卷六五二。

题应天寺上方兼呈谦上人

中天坐卧见人寰,峭石垂藤不易攀。晴卷风雷归故壑,夜和猿鸟锁寒山。势横绿野苍茫外,影落平湖潋滟间。师在西岩最高处,路寻之字见禅关。

《全唐诗》卷六五二。应天寺,在会稽应天山。

题法华寺绝顶禅家壁

苍翠岧峣逼窅冥,下方雷雨上方晴。飞流便向砌边挂,片月影从窗外行。驯鹿不知谁结侣,野禽都是自呼名。只应禅者无来去,坐看千山白发生。

《全唐诗》卷六五二。

上越州杨严中丞

连枝棣萼世无双,未秉鸿钧拥大邦。折桂早闻推独步,分忧暂辍过重江。晴寻凤沼云中树,思绕稽山枕上窗。试把十年辛苦志,问津求拜碧油幢。

《全唐诗》卷六五二。

镜湖西岛言事寄陶校书

樵猎两三户,凋疏是近邻。风雷前鼜雨,花木后岩春。文字不得力,桑麻难救贫。山禽欺稚子,夜犬吠渔人。未必圣明代,长将云水亲。知音不延荐,何路出泥尘。

《全唐诗》卷六五三。

叙龙瑞观胜异寄于尊师

混元融结致功难,山下平湖湖上山。万倾涵虚寒潋滟,千寻耸翠秀孱颜。芰荷香入琴棋处,雷雨声离栋牖间。但有五云依鹤岭,曾无陆路向人寰。夜溪漱玉常堪听,仙树垂珠可要攀。若弃荣名便居此,自然浮浊不相关。

《全唐诗》卷六五三。

李侍御上虞别业

满目亭台嘉木繁,燕蝉吟语不为喧。昼潮势急吞诸岛,暑雨声回露半村。真为援毫方掩卷,常因按曲便开尊。若将明月为俦侣,应把清风遗子孙。绣羽惊弓离果上,红鳞见饵出蒲根。寻君未要先敲竹,且棹渔舟入大门。

《全唐诗》卷六五三。

题悬溜岩隐者居

世人如要问生涯,满架堆床是五车。谷鸟暮蝉声四散,修篁灌木势交加。蒲葵细织团圆扇,薤叶平铺合遝花。却用水荷苞绿李,兼将寒井浸甘瓜。惯缘崄峭收松粉,常趁芳鲜掇茗芽。池上树阴随浪动,窗前月影被巢遮。坐云独酌杯盘湿,穿竹微吟路径斜。见说公卿访遗逸,逢迎亦是戴乌纱。

《全唐诗》卷六五三。悬溜寺,在会稽之南,若耶山上。

献王大夫

高情不与俗人知,耻学诸生取桂枝。荀宋五言行世早,巢由三诏出溪迟。操心已在精微域,落笔皆成典诰词。一鹗难成燕雀伍,非熊本是帝王师。贤臣虽蕴经邦术,明主终无谏猎时。莫道百僚忧礼绝,兼闻七郡怕天移。直缘材力头头赡,专被文星步步随。不信重言通造化,须臾便可变荣衰。

《全唐诗》卷六五三。

出东阳道中作

马首寒山黛色浓,一重重尽一重重。醉醒已在他人界,犹忆东阳昨夜钟。

《全唐诗》卷六五三。

题宝林寺禅者壁

邃岩乔木夏藏寒,床下云溪枕上看。台殿渐多山更重,却令飞去即应难。

《全唐诗》卷六五三。诗题下原注:"山名飞来峰。"

题玉笥山强处士

酒里藏身岩里居,删繁自是一家书。世人呼尔为渔叟,尔学钓璜非钓鱼。

《全唐诗》卷六五三。

越中逢孙百篇

上才乘酒到山阴,日日成篇字字金。镜水周回千万顷,波澜倒泻入君心。

《全唐诗》卷六五三。

寄谢麟

越国云溪秀发时，蒋京词赋谢麟诗。后来若要知优劣，学圃无过老圃知。

《全唐诗》卷六五三。

送水墨项处士归天台

仙峤倍分元化功，揉蓝翠色一重重。还家莫更寻山水，自有云山在笔峰。

《全唐诗》卷六五三，《天台前集》卷中。

赠会稽杨长官

直钩终日竟无鱼，钟鼓声中与世疏。若向湖边访幽拙，萧条四壁是闲居。

《全唐诗》卷六五三。

将归湖上留别陈宰

归去春山逗晚晴，萦回树石罅中行。明时不是无知己，自忆湖边钓与耕。

《全唐诗》卷六五三。湖，指镜湖。

别孙蜀

吴越思君意易伤，别君添我鬓边霜。由来浙水偏堪恨，截断千山作两乡。

《全唐诗》卷六五三。

题天柱观鱼尊师旧院

早识吾师频到此，芝童药犬亦相迎。今师一去无来日，花洞石坛空月明。

《全唐诗》卷六五三。

东阳道中作

百花香气傍行人，花底垂鞭日易醺。野父不知寒食节，穿林转壑自烧云。

《全唐诗》卷六五三。诗题一作《寒食日》。

衢州别李秀才

千山红树万山云，把酒相看日又曛。一曲骊歌两行泪，更知何处再逢君。

《全唐诗》卷六五三。一作韦庄诗，见《全唐诗》卷六九八。

再游云门

岭头云向窗中起，砌下泉从石上来。僧老终无出山意，岩猿涧鸟莫相猜。

《会稽掇英总集》卷六。

游雪窦寺

绝顶空王宅，香风满薜萝。地高春色晚，天近日光多。流水随寒玉，遥峰拥翠波。前山有丹凤，云外一声过。

《全唐诗补编·续拾》卷三三。

游岳林寺

投闲犹自喜，古刹剡东寻。祇树随僧老，龙树绕岸深。楼高春色晚，天近日光阴。共笑家声旧，何时解盍簪。

《全唐诗补编·续拾》卷三三。

喻 凫

喻凫（生卒年不详），毗陵（今江苏常州）人。开成五年（840）进士。据其诗，曾游浙东。

送越州高录事

官曹权纪纲，行李半舟航。浦溆潮来广，川源鸟去长。笋成稽岭岸，莲发镜湖香。泽国还之任，鲈鱼浪得尝。

《全唐诗》卷五四三。

一公房

幽深谁掩关，清净自多闲。一雨收众木，孤云生远山。花萎绿苔上，鸽乳翠楼间。岚霭燃香夕，容听半偈还。

《全唐诗》卷五四三。存疑。

赠张濆处士

露白覆棋宵，林青读易朝。道高天子问，名重四方招。许鹤归华顶，期僧过石桥。虽然在京国，心迹自逍遥。

《全唐诗》卷五四三，《天台前集》卷中。

寄山阴李处士（句）

一别山阴诗酒客，水风花片梦兰亭。

《全唐诗》卷九〇一。

春寒夜宿先天寺无可上人房

双扉桧下开，寄宿石莓苔。墙北香风勤，城寒散雪来。收棋想云梦，罢茗议天台。同忆前年腊，师初白阁回。

《全唐诗补编·续拾》卷二八，《天台前集》卷上。《全唐诗补编·续拾》按：《全唐诗》卷六四九收此诗为方干作，文字略异。今考方干年辈晚于无可，喻凫则与无可年次相当。据诗意，似以喻作为近是。

潘　咸

潘咸（生卒年里不详），与诗人喻凫有交往，当是文宗时人。

送陈明府之任

客见天台县，闾阎树色间。骖回几临水，带缓独开山。吏散落花尽，人居远岛闲。过于老莱子，端简独承颜。

《全唐诗》卷五四二，《天台前集》卷中。存疑。

范氏子

范氏子（生卒年不详），晚唐范摅之子。家居若耶溪畔，为诗人方干赞许。年仅十岁而早夭。

赠隐者（句）

扫叶随风便，浇花趁日阴。

《全唐诗》卷七九五。

夏日(句)

闲云生不雨,病叶落非秋。

《全唐诗》卷七九五。

李　远

李远(？—860？),夔州云安(今重庆云阳)人。大中时(847—849)曾任明州刺史。

赠友人

凤城烟霭思偏多,曾向刘郎住处过。银烛焰前贪劝酒,玉箫声里已闻歌。佳人惜别看嘶马,公子含情向翠蛾。今日重来门巷改,出墙桐树绿婆娑。

《全唐诗》卷五一九。刘郎住处,刘晨与阮肇到天台山采药遇仙之处。

吴越怀古

吴越千年奈怨何,两宫清吹作樵歌。姑苏一败云无色,范蠡长游水自波。霞拂故城疑转旆,月依荒树想嚬蛾。行人欲问西施馆，江鸟寒飞碧草多。

《全唐诗》卷五一九。

李群玉

李群玉（约 811—861），澧州（今湖南澧县）人。于大中八、九年（854、855）方干隐会稽时游越州。

将之吴越留别坐中文酒诸侣

秋色满水国，江湖兴萧然。氛埃敛八极，万里净澄鲜。涔浦纵孤棹，吴门渺三千。回随衡阳雁，南入洞庭天。早闻陆士龙，矫掌跨山川。非思鲈鱼脍，且弄五湖船。暝泊远浦霞，晓饭芦洲烟。风流访王谢，佳境恣洄沿。霜剪别岸柳，香枯北池莲。岁华坐摇落，寂寂感流年。明朝即漂萍，离憾无由宣。相思空江上，何处金波圆。

《全唐诗》卷五六八。

赠方处士兼以写别

天与云鹤情，人间恣诗酒。龙宫奉采觅，澒洞一千首。清如南薰丝，韵若黄钟吼。喜于风骚地，忽见陶谢手。籍籍九江西，篇篇在人口。芙蓉为芳菲，未落诸花后。所知心眼大，别自开户牖。才力似风鹏，谁能算升斗。无营傲云竹,琴帙静为友。鸾凤戢羽仪,骐骥在郊薮。镜湖春水绿,越客忆归否。白衣四十秋,逍遥一何久。此身无定迹,又逐浮云走。离思书不穷,残阳落江柳。

《全唐诗》卷五六八。

法华微上人盛话金山境胜旧游在目吟成此篇

江上青莲宫,人间蓬莱岛。烟霞与波浪,隐映楼台好。潮门梵音静,海日天光早。愿与灵鹫人,吟经此终老。

《全唐诗》卷五六八。法华,法华寺,一说在今湖南永州。存疑。

洞庭驿楼雪夜宴集奉赠前湘州张员外(节录)

……不逐万物化,但贻知己羞。方穷立命说,战胜心悠悠。不然蹲会稽,钩下三五牛。所期波涛助,燀赫呈吞舟。

《全唐诗》卷五六八。

长沙九日登东楼观舞

南国有佳人,轻盈绿腰舞。华筵九秋暮,飞袂拂云雨。翩如兰苕翠,婉如游龙举。越艳罢前溪,吴姬停白纻。

慢态不能穷,繁姿曲向终。低回莲破浪,凌乱雪萦风。坠珥时流盼,修裾欲溯空。唯愁捉不住,飞去逐惊鸿。

《全唐诗》卷五六八。

龙山人惠石廪方及团茶

客有衡岳隐,遗余石廪茶。自云凌烟露,采掇春山芽。珪璧相压叠,积芳莫能加。碾成黄金粉,轻嫩如松花。红炉爨霜枝,越儿斟井华。滩声起鱼眼,满鼎漂清霞。凝澄坐晓灯,病眼如蒙纱。一瓯拂昏寐,襟鬲开烦拏。顾渚与方山,谁人留品差? 持瓯默吟味,摇膝空咨嗟。

《全唐诗》卷五六八。

腊夜雪霁月彩交光开阁临轩竟睡不得命家仆吹笙数曲独引一壶奉寄江陵副使杜中丞

月华临霁雪,皓彩射貂裘。桂酒寒无醉,银笙冻不流。怀哉梁苑客,思作剡溪游。竟夕吟琼树,川途恨阻修。

《全唐诗》卷五六九。

送崔使君萧山祷雨甘泽遽降

谢公一拜敬亭祠,五马旋归下散丝。不假土龙呈夭矫,自然石燕起参差。预听禾稼如云语,应有空濛似雾时。已向为霖报消息,颍川征诏是前期。

《全唐诗》卷五六九。

哭郴州王使君

银章朱绂照云骢,六换鱼书惠化崇。瑶树忽倾沧海里,醉乡翻在夜台中。东山妓逐飞花散,北海尊随逝水空。曾是绮罗筵上客,一来长恸向春风。

《全唐诗》卷五六九。

寄张祜

越水吴山任兴行,五湖云月挂高情。不游都邑称平子,只向江东作步兵。昔岁芳声到童稚,老来佳句遍公卿。如君气力波澜地,留取阴何沈范名。

《全唐诗》卷五六九。诗题下原注:“祜亦未面,频寄声相闻。”

题王侍御宅

门向沧江碧岫开,地多鸥鹭少尘埃。绿阴十里滩声里,闲自王家看竹来。

《全唐诗》卷五七〇。

温庭筠

温庭筠(801—866),太原祁(今山西祁县)人。元和三年(808)八岁时曾谒李绅于越中。会昌二年(842)春赴越中。

谢公墅歌

朱雀航南绕香陌,谢郎东墅连春碧。鸠眠高柳日方融,绮榭飘飖紫庭客。文楸方罫花参差,心阵未成星满池。四座无喧梧竹静,金蝉玉柄俱持颐。对局含情见千里,都城已得长蛇尾。江南王气系疏襟,未许苻坚过淮水。

《全唐诗》卷五七六。

春洲曲

韶光染色如蛾翠,绿湿红鲜水容媚。苏小慵多兰渚闲,融融浦日鸡鶒寐。紫骝蹀躞金衔嘶,岸上扬鞭烟草迷。门外平桥连柳堤,归来晚树黄莺啼。

《全唐诗》卷五七六。

西陵道士茶歌

乳窦溅溅通石脉,绿尘愁草春江色。涧花入井水味香,山月当人松影直。仙翁白扇霜鸟翎,拂坛夜读黄庭经。疏香皓齿有余味,更觉鹤心通杳冥。

《全唐诗》卷五七七。

重游圭峰宗密禅师精庐

百尺青崖三尺坟,微言已绝杳难闻。戴颙今日称居士,支遁他年识领军。暂对杉松如结社,偶同麋鹿自成群。故山弟子空回首,葱岭唯应见宋云。

《全唐诗》卷五七八。诗题一作《哭卢处士》。

李羽处士寄新酝走笔戏酬

高谈有伴还成薮,沉醉无期即是乡。已恨流莺欺谢客,更将浮蚁与刘郎。檐前柳色分张绿,窗外花枝借助香。所恨玳筵红烛夜,草玄寥落近回塘。

《全唐诗》卷五七八。

寄湘阴阎少府乞钓轮子

钓轮形与月轮同,独茧和烟影似空。若向三湘逢雁信,莫辞千里寄渔翁。篷声夜滴松江雨,菱叶秋传镜水风。终日垂钩还有意,尺书多在锦鳞中。

《全唐诗》卷五七八。

西江上送渔父

却逐严光向若耶,钓轮菱棹寄年华。三秋梅雨愁枫叶,一夜篷舟宿苇花。不见水云应有梦,偶随鸥鹭便成家。白苹风起楼船暮,江燕双双五两斜。

《全唐诗》卷五七八。

秘书省有贺监知章草题诗笔力遒健风尚高远拂尘寻玩因有此作

越溪渔客贺知章,任达怜才爱酒狂。鸂鶒苇花随钓艇,蛤蜊菰菜梦横塘。几年凉月拘华省,一宿秋风忆故乡。荣路脱身终自得，福庭回首莫相忘。出笼鸾鹤归辽海，落笔龙蛇满坏墙。李白死来无醉客，可怜神彩吊残阳。

《全唐诗》卷五七八。诗题一作《过贺监旧宅》。

题裴晋公林亭

谢傅林亭暑气微，山丘零落闷音徽。东山终为苍生起，南浦虚言白首归。池凤已传春水浴，渚禽犹带夕阳飞。悠然到此忘情处，一日何妨有万几。

《全唐诗》卷五七八。

题陈处士幽居

松轩尘外客，高枕自萧疏。雨后苔侵井，霜来叶满渠。闲看镜湖画，秋得越僧书。若待前溪月，谁人伴钓鱼。

《全唐诗》卷五八一。

送人南游

送君游楚国，江浦树苍然。沙净有波迹，岸平多草烟。角悲临海郡，月到渡淮船。唯以一杯酒，相思高楚天。

《全唐诗》卷五八一。诗中“角悲临海郡”句与“月到渡淮船”句相对，“临海”不是专用地名。存疑。

赠越僧岳云二首

世机消已尽,巾屦亦飘然。一室故山月,满瓶秋涧泉。禅庵过微雪,乡寺隔寒烟。应共白莲客,相期松桂前。

兰亭旧都讲,今日意如何。有树关深院,无尘到浅莎。僧居随处好,人事出门多。不及新春雁,年年镜水波。

《全唐诗》卷五八一,《会稽掇英总集》卷一二。

题萧山庙

故道木阴浓,荒祠山影东。杉松一庭雨,幡盖满堂风。客奠晓莎湿,马嘶秋庙空。夜深池上歇,龙入古潭中。

《全唐诗》卷五八一。

题贺知章故居叠韵作

废砌翳薜荔,枯湖无菰蒲。老媪饱藁草,愚儒输逋租。

《全唐诗》卷五八二。

江上别友人

秋色满葭菼,离人西复东。几年方暂见,一笑又难同。地势萧陵歇,江声禹庙空。如何暮滩上,千里逐征鸿。

《全唐诗》卷五八三。

宿一公精舍

夜阑黄叶寺，瓶锡两俱能。松下石桥路，雨中山殿灯。茶炉天姥客，棋席剡溪僧。还笑长门赋，高秋卧茂陵。

《全唐诗》卷五八三，《天台前集别编》。

荷叶杯

镜水夜来秋月，如雪，采莲时。小娘红粉对寒浪，惆怅，正思惟。

《全唐诗》卷八九一。镜水，当写镜湖。

菩萨蛮

满宫明月梨花白，故人万里关山隔。金雁一双飞，泪痕沾绣衣。　　小园芳草绿，家住越溪曲。杨柳色依依，燕归君不归。

《全唐诗》卷八九一，《全唐五代词》（中华书局1999年）正编卷一。

归国遥

香玉，翠凤宝钗垂㩳㩳，钿筐交胜金粟。越罗春水渌。　　画堂照帘残烛，梦余更漏促。谢娘无限心曲，晓屏山断续。

《全唐五代词》正编卷一。

河渎神

孤庙对寒潮，西陵风雨萧萧。谢娘惆怅倚栏桡，泪流玉箸千条。　　暮天愁听思归乐，早梅香满山郭。回首两情萧索，离魂何处飘泊。

《全唐诗》卷八九一，《全唐五代词》正编卷一。

思帝乡

花花，满枝红似霞。罗袖画帘肠断，卓香车。回面共人闲语，战篦金凤斜。唯有阮郎春尽，不归家。

《全唐诗》卷八九一，《全唐五代词》正编卷一。

河　传

湖上，闲望，雨萧萧。烟浦花桥路遥。谢娘翠蛾愁不销，终朝，梦魂迷晚潮。　　荡子天涯归棹远，春已晚，莺语空肠断。若耶溪，溪水西，柳堤，不闻郎马嘶。

《全唐五代词》正编卷一。

李商隐

李商隐（812？—858），怀州河内（今河南沁阳）人。元和九年至十一年（814—816）三岁到五岁时，随父入浙东幕府。

寄成都高苗二从事

家近红蕖曲水滨，全家罗袜起秋尘。莫将越客千丝网，网得西施别赠人。

《全唐诗》卷五三九。

越燕二首

上国社方见，此乡秋不归。为矜皇后舞，犹著羽人衣。拂水斜纹乱，衔花片影微。卢家文杏好，试近莫愁飞。

将泥红蓼岸，得草绿杨村。命侣添新意，安巢复旧痕。去应逢阿母，来莫害王孙。记取丹山凤，今为百鸟尊。

《全唐诗》卷五三九。

无题四首(其一)

来是空言去绝踪，月斜楼上五更钟。梦为远别啼难唤，书被催成墨未浓。蜡照半笼金翡翠，麝熏微度绣芙蓉。刘郎已恨蓬山远，更隔蓬山一万重。

《全唐诗》卷五三九。

过郑广文旧居

宋玉平生恨有余，远循三楚吊三闾。可怜留著临江宅，异代应教庾信居。

《全唐诗》卷五三九。诗题下原注:“郑虔。”

寄在朝郑曹独孤李四同年

昔岁陪游旧迹多,风光今日两蹉跎。不因醉本兰亭在,兼忘当年旧永和。

《全唐诗》卷五三九。

赠郑谠处士

浪迹江湖白发新,浮云一片是吾身。寒归山观随棋局,暖入汀洲逐钓轮。越桂留烹张翰鲙,蜀姜供煮陆机莼。相逢一笑怜疏放,他日扁舟有故人。

《全唐诗》卷五四〇。

赠赵协律皙

俱识孙公与谢公,二年歌哭处还同。已叨邹马声华末,更共刘卢族望通。南省恩深宾馆在,东山事往妓楼空。不堪岁暮相逢地,我欲西征君又东。

《全唐诗》卷五四一。

访　隐

路到层峰断,门依老树开。月从平楚转,泉自上方来。薤白罗朝馔,松黄暖夜杯。相留笑孙绰,空解赋天台。

《全唐诗》卷五四一。

送从翁从东川弘农尚书幕(节录)

大镇初更帅,嘉宾素见邀。使车无远近,归路更烟霄。稳放骅骝步,高安翡翠巢。御风知有在,去国肯无聊。早忝诸孙末,俱从小隐招。心悬紫云阁,梦断赤城标。素女悲清瑟,秦娥弄玉箫。山连玄圃近,水接绛河遥。……

《全唐诗》卷五四一。

朱槿花二首(其一)

莲后红何患,梅先白莫夸。才飞建章火,又落赤城霞。不卷锦步障,未登油壁车。日西相对罢,休浣向天涯。

《全唐诗》卷五四一。

病中闻河东公乐营置酒口占寄上

闻驻行春旆,中途赏物华。缘忧武昌柳,遂忆洛阳花。嵇鹤元无对,荀龙不在夸。只将沧海月,长压赤城霞。兴欲倾燕馆,欢终到习家。风长应侧帽,路隘岂容车。楼迥波窥锦,窗虚日弄纱。锁门金了鸟,展障玉鸦叉。舞妙从兼楚,歌能莫杂巴。必投潘岳果,谁掺祢衡挝。刻烛当时忝,传杯此夕赊。可怜漳浦卧,愁绪独如麻。

《全唐诗》卷五四一。

刘　威

刘威(生卒年不详),武宗会昌时人。据其诗,家当在会稽一带。

早秋归

数口飘零身未回,梦魂遥断越王台。家书欲寄雁飞远,客恨正深秋又来。风解绿杨三署冷,月当银汉四山开。茫茫归路在何处,砧杵一声心已摧。

《全唐诗》卷五六二。

元　晦

元晦(生卒年不详),郡望洛阳(今属河南)。会昌五年(845)七月至大中元年(847)五月为越州刺史。

越亭二十韵

乏才叨八使,徇禄非三顾。南服颁诏条,东林证迷误。未闻述职效,偶脱嚣烦趣。激水濬坳塘,缘崖欹磴步。西岩焕朝旭,深壑囊宿雾。影气爽衣巾,凉飔轻杖履。临高神虑寂,远眺川原布。孤帆逗汀烟,翻鸦集江树。独探洞府静，恍若偓佺遇。一瞬契真宗，百年成妄故。孱颜石户启，杳霭溪云度。松籁韵宫商，鸳甍势翔溯。津梁危彴架，济物虚舟渡。环流驰羽觞，金英妒妆嫭。笳吟寒垒迥，鸟噪空山暮。怅望麋鹿心，低回车马路。悬冠谢陶令，褫珮怀疏傅。遐想蜕缨緌，徒惭恤繻袴。福盈祸之倚，权胜道所恶。何必栖禅关，无言自冥悟。

《全唐诗》卷五四七。

除浙东留题桂郡林亭

紫泥远自金銮降，朱旆翻驰镜水头。陶令风光偏畏夜，子牟衰鬓暗惊秋。西邻月色何时见，南国春光岂再游。莫遣艳歌催客醉，不堪回首翠蛾愁。

《全唐诗》卷五四七。

路　单

路单(生卒年不详)，一作路贯，误。阳平冠氏(今山东冠县)人。穆宗时进士，与元晦同时。会昌间为桂管观察使。

和元常侍除浙东留题

谢安致理逾三载，黄霸清声彻九重。犹辍珮环归凤阙，且将仁政到稽峰。林间立马罗千骑，池上开筵醉一钟。共喜甘棠有新咏，独惭霜鬓又攀龙。

《全唐诗》卷五四七。《全唐诗补编·续拾》卷二七，重录题拟作《和元常侍除浙东留题越亭》。

徐灵府

徐灵府（生卒年不详），钱塘（今浙江杭州）天目山人。会昌初（841）武宗曾诏浙东观察使召之，来赴。隐天台虎头岩。年八十二卒。

言志献浙东廉访辞召

野性歌三乐，皇恩出九重。那烦紫宸命，远下白云峰。多愧书传鹤，深惭纸画龙。将何佐明主，甘老在岩松。

《全唐诗》卷八五二，《天台前集》卷中。

自咏二首

寂寂凝神太极初，无心应物等空虚。性修自性非求得，欲识真人只是渠。

学道全真在此生，何须待死更求生。今生不了无生理，纵复生知那处生。

《全唐诗》卷八五二。

李敬方

李敬方(？—855？),并州文水(今属山西)人。会昌末(846)贬台州司马。大中初(847)迁明州刺史。

天台晴望

天台十二旬,一片雨中春。林果黄梅尽,山苗半夏新。阳乌晴展翅,阴魄夜飞轮。坐冀无云物,分明见北辰。

《全唐诗》卷五〇八,《天台前集别编》。诗题下原注:“时左迁台州刺史。题一作《喜晴》。”

登天姥

天姥三重岭,危途绕峻溪。水喧无昼夜,云暗失东西。问路音难辩,通樵迹易迷。依稀日将午,何处一声鸡。

《会稽掇英总集》卷四。

李　讷

李讷(生卒年不详),荆州石首(今属湖北)人。大中六年(852)八月至九年(855)九月为浙东观察使。

命妓盛小丛歌饯崔侍御还阙

绣衣奔命去情多,南国佳人敛翠娥。曾向教坊听国乐,为君重唱盛丛歌。

《全唐诗》卷五六三,《会稽掇英总集》卷一〇。据《云溪友议》卷上《饯歌序》,时崔元范佐李讷浙东幕府,入为监察御史,临行,李讷赋诗《命妓盛小丛歌饯崔侍御还阙》相送。《会稽掇英总集》题作《听盛小丛歌赠崔侍御并序》,序云:"李尚书夜登越城楼,闻歌曰:'雁门山上雁初飞……'其声激切。召至,曰:'去籍之妓盛小丛也。'曰:'汝歌何善乎?'曰:'小丛是梨园供奉南不嫌女甥也。所唱之音乃不嫌之授也。今老且废矣。'时察院崔侍御自府幕而拜李公,连夕饯崔君于镜湖之光候亭,屡命小丛歌饯,在座各为赋一绝句,赠送之,亚相为之首唱。崔下句云:'独向柏台为老吏。'皆曰:'侍御凤阁中书,即其程也,何以老于柏台。'众请改之。崔曰:'某但止于此任,宁望九迁乎。'是年秋,崔君鞫狱于谯中而终。"

崔元范

崔元范(?—853?),籍贯未详。大中七年(853)左右,为浙东李讷幕府。

李尚书命妓歌饯有作奉酬

羊公留宴岘山亭,洛浦高歌五夜情。独向柏台为老吏,可怜林木响余声。

《全唐诗》卷五六三,《会稽掇英总集》卷一〇。据《云溪友议》卷上《饯歌序》,时崔元范佐李讷浙东幕府,入为监察御史,临行,李讷赋诗《命妓盛小丛歌饯崔侍御还阙》相送。此为崔元范答诗。

杨知至

杨知至(生卒年不详),虢州弘农(今河南灵宝)人。会昌四年(844)进士。大中中,为浙东李讷幕府。

和李尚书命妓歌饯崔侍御

燕赵能歌有几人,为花回雪似含颦。声随御史西归去,谁伴文翁怨九春。

《全唐诗》卷五六三,《会稽掇英总集》卷一〇。据《云溪友议》卷上《饯歌序》,浙东观察使李讷赋诗送崔元范入阙,同时唱和的有杨知至、封彦冲、卢邺、高湘、卢溵。

卢　溵

卢溵(生卒年不详),浙东处士。大中中,曾在浙东李讷幕。

和李尚书命妓饯崔侍御

乌台上客紫髯公，共捧天书静境中。桃朵不辞歌白苎，耶溪暮雨起樵风。

《全唐诗》卷五六三，《会稽掇英总集》卷一〇。

卢　邺

卢邺（生卒年不详），范阳（今河北涿州）人。大中四年（850）进士，辟为浙东李讷幕府。

和李尚书命妓饯崔侍御

何郎载酒别贤侯，更吐歌珠宴庾楼。莫道江南不同醉，即陪舟楫上京游。

《全唐诗》卷五六六，《会稽掇英总集》卷一〇。据《云溪友议》卷上《饯歌序》，浙东观察使李讷赋诗送崔元范入阙，此为卢邺唱和之作。

封彦卿

封彦卿（生卒年不详），其先渤海蓨（今河北景县）人。大中中（847—860），为浙东李讷幕府。咸通十四年（873），迁台州刺史。

和李尚书命妓饯崔侍御

莲府才为绿水宾，忽乘骢马入咸秦。为君唱作西河调，日暮偏伤去住人。

《全唐诗》卷五六六，《会稽掇英总集》卷一〇。据《云溪友议》卷上《饯歌序》，浙东观察使李讷赋诗送崔元范入阙，此为封彦卿（《会稽掇英总集》《云溪友议》作封彦冲）唱和之作。

高　湘

高湘（？—878？），大中六年至九年（852—855）为浙东李讷幕。

和李尚书命妓饯崔侍御

谢安春渚饯袁宏，千里仁风一扇清。歌黛惨时方酩酊，不知公子重飞觥。

《全唐诗》卷五九七，《会稽掇英总集》卷一〇。李尚书，浙东观察使李讷。高湘时在浙东李讷幕。

杨　发

杨发（生卒年不详），冯翊（今陕西大荔）人。大中十二年（858）四月迁婺州刺史。

山　泉

半空飞下水,势去响如雷。静彻啼猿寺,高陵坐客台。耳同经剑阁,身若到天台。溅树吹成冻,邻祠触作灰。深中试榔栗,浅处落莓苔。半夜重城闭,潺湲枕底来。

《全唐诗》卷五一七。一作李洞诗,见《全唐诗》卷八八六。

张　为

张为(生卒年不详),闽(今福建)人。尝举进士不第,大中十二年(858),为游历至长沙。据其诗,曾游天姥。

秋醉歌

金风飒已起,还是招渔翁。携酒天姥岑,自弹峄阳桐。脱却登山屐,赤脚翘青筇。泉声扫残暑,猿臂攀长松。翠微泛樽绿,苔藓分烟红。造化处术内,相对数壶空。醉眠岭上草,不觉夜露浓。一梦到天晓,始觉一醉中。皎然梦中路,直到瀛洲东。初平把我臂,相与骑白龙。三留对上帝,玉楼十二重。上帝赐我酒,送我敲金钟。宝阁香敛苒,琪树寒玲珑。动叶如笙篁,音律相怡融。珍重此一醉,百骸出天地。长如此梦魂,永谢名与利。

《全唐诗》卷七二七,《天台前集》卷下。

于武陵

于武陵(生卒年不详),京兆杜曲(今陕西西安)人。大中(847—860)举进士不第。据其诗,曾游越中。

泛若耶宿云门

溪船泛数里,渐觉少炎晖。映水花连影,逢人鸟背飞。深犹见白石,凉好换生衣。未得多诗句,终须隔宿归。

《会稽掇英总集》卷六。

宗 亮

宗亮(生卒年不详),奉化(今属浙江)人。开成中出家。会昌灭佛时,隐遁于奉化山中。大中间(847—860)为明州国宁寺住持。年八十余终于本寺。

它山歌

它山堰,堰在四明之鄞县。一条水出四明山,昼夜长流如白练。连接大江通海水,咸潮直到深潭里。淡水虽多无计停,半邑人民田种费。大和中有王侯令,清优为官立民政。昨因祈祷入山行,识得水源知利病。棹舟直到溪岩畔,极目江山波澜漫。略呼父老问来由,便设机谋造其堰。叠石横铺两山嘴,截断咸潮积溪水。灌溉民田万顷余,此谓齐天功不毁。民间日用自不知,年年丰稔因阿谁。山边却立它神庙，不为长官兴一祠。本是长官治此水，却将饮食祭闲鬼。时人若解感此恩，年年祭拜王元玮。

《全唐诗补编·续拾》卷三二。

它山堰

截断寒流叠石基，海潮从此作回期。行人自老青山路，涧急水声无绝时。

《全唐诗补编·续拾》卷三二。

礼舍利塔

铁轮王使鬼神功，灵塔飞来鄮岭东。有客不随流水去，罄敲疏雪细云中。

《全唐诗补编·续拾》卷三二。

灵鳗井

散尽残云碧甃开，灵鱼石缝露星腮。寒生镜底长清浅，泉脉流从印土来。

《全唐诗补编·续拾》卷三二。

王　铎

王铎（？—884），祖籍太原（今属山西），后迁居扬州（今属江苏）。

会昌元年(841)进士。

送贺秘监归会稽应制

诏许真人归旧隐,为言海上忆孤峰。宸庭暂别期千载,野服飘然出九重。华表尚迷丁令鹤,竹陂犹认葛仙龙。自怜弱羽尘埃重,于此无由蹑去踪。

《会稽掇英总集》卷二。

李 频

李频(?—876),睦州寿昌(今浙江寿昌)人。于懿宗时(860—874)长居上虞别业。

浙东献郑大夫

圣主东忧涨海滨,思移副相倚陶钧。楼台独坐江山月,舟楫先行泽国春。遥想万家开户外,近闻群盗窜诸邻。几时入去调元化,天下同为尧舜人。

《全唐诗》卷五八七。

镜湖夜泊有怀

广水遥堤利物功,因思太守惠无穷。自从版筑兴农隙,长与耕耘致岁丰。涨接星津流荡漾，宽浮云岫动虚空。想当战国开时有，范蠡扁舟祗此中。

《全唐诗》卷五八七。诗题下原注："东晋太守马臻所筑。"

及第后还家过岘岭

魏驮山前一朵花，岭西更有几千家。石斑鱼鲊香冲鼻，浅水沙田饭绕牙。

《全唐诗》卷五八七。魏驮山，不详。浙江境内湖州和东阳都有岘山。李频为睦州人，及第还家所过岘岭，当是湖州之岘岭，但仍录存以备考。

送许寿下第归东山

吾君设礼闱，谁合学忘机。却是高人起，难为下第归。出关心纵野，避世事终稀。莫更今秋夕，相思望少微。

《全唐诗》卷五八七。

送友人下第归越

归意随流水，江湖共在东。山阴何处去，草际片帆通。雨色春愁里，潮声晓梦中。虽为半年客，便是往来鸿。

《全唐诗》卷五八七。

及第后归

家临浙水傍，岸对买臣乡。纵棹随归鸟，乘潮向夕阳。苦吟身得雪，甘意鬓成霜。况此年犹少，酬知足自强。

《全唐诗》卷五八七。买臣乡，在会稽吴县。

越中行

越国临沧海，芳洲复暮晴。湖通诸浦白，日隐乱峰明。野宿多无定，闲游免有情。天台闻不远，终到石桥行。

《全唐诗》卷五八八，《天台集拾遗》。

春日南游寄浙东许同年

孤帆处处宿，不问是谁家。南国平芜远，东风细雨斜。旅怀多寄酒，寒意欲留花。更想前途去，茫茫沧海涯。

《全唐诗》卷五八八。

明州江亭夜别段秀才

离亭向水开，时候复蒸梅。霹雳灯烛灭，蒹葭风雨来。京关虽共语，海峤不同回。莫为莼鲈美，天涯滞尔才。

《全唐诗》卷五八八。

送僧入天台

一锡随缘赴，天台又去登。长亭旧别路，落日独行僧。夜烧山何处，秋帆浪几层。他时授巾拂，莫为老无能。

《全唐诗》卷五八八，《天台前集》卷中。

送台州唐兴陈明府

见说海西隅，山川与俗殊。宦游如不到，仙分即应无。瀑布当公署，天台是县图。遥知为吏去，有术字茕孤。

《全唐诗》卷五八八。

游四明山刘樊二真人祠题山下孙氏居

久在仙坛下，全家是地仙。池塘来乳洞，禾黍接芝田。起看青山足，还倾白酒眠。不知尘世事，双鬓逐流年。

《全唐诗》卷五八九。

府试观兰亭图

往会人何处，遗踪事可观。林亭今日在，草木古春残。笔想吟中驻，杯疑饮后干。向青穿峻岭，当白认回湍。月影窗间夜，湖光枕上寒。不知诗酒客，谁更慕前欢。

《全唐诗》卷五八九。

张　贲

张贲(生卒年不详),南阳(今河南邓州)人。大中(847—860)进士。与皮日休等交往甚密。

和袭美醉中先起次韵

何事桃源路忽迷,惟留云雨怨空闺。仙郎共许多情调,莫遣重歌浊水泥。

《全唐诗》卷六三一。

送浙东德师侍御罢府西归

孤云独鸟本无依,江海重逢故旧稀。杨柳渐疏芦苇白,可怜斜日送君归。

《全唐诗》卷六三一。

以青飷饭分送袭美鲁望因成一绝

谁屑琼瑶事青飷,旧传名品出华阳。应宜仙子胡麻拌,因送刘郎与阮郎。

《全唐诗》卷六三一。

刘 沧

刘沧(生卒年不详),汶阳(今山东宁阳)人。大中八年(854)登进士第,时已白发苍苍。

浙江晚渡怀古

蝉噪秋风满古堤,荻花寒渡思萋萋。潮声归海鸟初下,草色连江人自迷。碧落晴分平楚外,青山晚出穆陵西。此来一见垂纶者,却忆旧居明月溪。

《全唐诗》卷五八六。

赠道者

真趣淡然居物外,忘机多是隐天台。停灯深夜看仙箓,拂石高秋坐钓台。卖药故人湘水别,入檐栖鸟旧山来。无因朝市知名姓,地僻衡门对岳开。

《全唐诗》卷五八六。

赠天台隐者

静者多依猿鸟丛,衡门野色四郊通。天开宿雾海生日,水泛落花山有风。回望一巢悬木末,独寻危石坐岩中。看书饮酒余无事,自乐樵渔狎钓翁。

《全唐诗》卷五八六,《天台集拾遗》。

送元叙上人归上党

太行关路战尘收，白日思乡别沃州。薄暮焚香临野烧，清晨漱齿涉寒流。溪边残垒空云木，山上孤城对驿楼。此去寂寥寻旧迹，苍苔满径竹斋秋。

《全唐诗》卷五八六。诗题下原注："时节镇罢兵。"

卢尚书

卢尚书（生卒年里不详），宣宗大中年间（847—860）人。

哭李远

昨日舟还浙水湄，今朝丹旐欲何为。才收北浦一竿钓，未了西斋半局棋。洛下已传平子赋，临川争写谢公诗。不堪旧里经行处，风木萧萧邻笛悲。

《全唐诗》卷七八三。"临川"句，写会稽事。谢灵运曾为临川内史，据《宋书·谢灵运传》，灵运居会稽，每有一诗至都邑，贵贱莫不竞写。

清 观

清观（生卒年不详），俗姓屈，台州临海（今属浙江）人。少从天台国清寺受戒，大中初曾入长安。大中七年（853）作诗送日僧圆珍归国。

赠圆珍和尚(句)

睿山新月冷，台峤古风清。

《全唐诗逸》卷中引《智证大师传》，注云："大师，乃释圆珍也。"台峤，指天台山。

厉 玄

厉玄(生卒年不详)，婺州(今浙江金华)人。登大和二年(828)进士第。

寄婺州温郎中

积雪没兰溪，邻州望不迷。波中分雁宿，树杪接猿啼。婺女家空在，星郎手未携。故山新寺额，掩泣荷重题。

《全唐诗》卷五一六。诗题下原注："时刺睦州。"

吴 畦

吴畦(生卒年不详)，温州安固(今浙江瑞安)人。大中十三年(859)登进士第，历官谏议大夫、润州刺史。据其诗，曾游温州。

登南荡明王峰诗

明王巀嶭与天齐，势压诸峰不可梯。霁雨孤钟云外渡，叫霜群雁月中栖。仰观碧落星辰近，俯视红尘世界低。七尺灵光双彩展，石门金鼎谩留题。

《全唐诗补编·续拾》卷三六。明王峰，在白云山，属南雁荡山。

李昌符

李昌符（生卒年里不详），咸通四年（863）进士。诗与郑谷、许棠等齐名。

送人入新罗使

鸡林君欲去，立册付星轺。越海程难计，征帆影自飘。望乡当落日，怀阙羡回潮。宿雾蒙青嶂，惊波荡碧霄。春生阳气早，天接祖州遥。愁约三年外，相迎上石桥。

《全唐诗》卷六〇一。此石桥不能确定即为天台山之石桥，录以备考。

步非烟

步非烟（生卒年里不详），咸通时（860—874）河南府功曹参军武公业之妾。

寄　怀

画檐春燕须同宿，兰浦双鸳肯独飞。长恨桃源诸女伴，等闲花里送郎归。

《全唐诗》卷八〇〇。

许 棠

许棠（822—？），宣州泾县（今属安徽）人。咸通十二年（871）登进士第之前，曾游天台山之赤城。

旅 怀

终年唯旅舍，只似已无家。白发除还出，丹霄去转赊。夏游穷塞路，春醉负秦花。应是穹苍意，空教老若耶。

《全唐诗》卷六〇三。

春夜同厉文学先辈会宿

江汉久分路，京关重聚吟。更为他夜约，方尽昔年心。月隔明河远，花藏宿鸟深。无眠将及曙，多是说山阴。

《全唐诗》卷六〇四。

赠天台僧

赤城霞外寺，不忘旧登年。石上吟分海，楼中语近天。重游空有梦，再隐定无缘。独夜休行道，星辰静照禅。

《全唐诗》卷六〇四,《天台前集》卷下。

宿灵山兰若

江心天半寺,一夕万缘空。地出浮云上,星摇积浪中。滴沤垂阁雨,吹桧送帆风。旦夕闻清磬,唯应是钓翁。

《全唐诗》卷六〇四。灵山兰若,观诗意,疑指江心寺,在浙江温州城北孤屿山,山在永嘉江中。

题慈恩寺元遂上人院

竹槛匝回廊,城中似外方。月云开作片,枝鸟立成行。径接河源润,庭容塔影凉。天台频去说,谁占最高房。

《全唐诗》卷六〇四。

送省玄上人归江东

释律周儒礼,严持用戒身。安禅思剡石,留偈别都人。雨合吴江黑,潮移海路新。瓶盂自此去,应不更还秦。

《全唐诗》卷六〇四。剡石,剡地之石。

冬夜怀真里友人会宿

静语与高吟,搜神又爽心。各来依帝里,相对似山阴。漏永星河没,堂寒月彩深。从容不易到,莫惜曙钟侵。

《全唐诗》卷六〇四。

张　乔

张乔（生卒年不详），池州（今安徽贵池）人。与许棠、喻坦之等为“咸通十哲”。据其诗曾游越中。

题灵山寺

树凉清岛寺，虚阁敞禅扉。四面闲云入，中流独鸟归。湖平幽径近，船泊夜灯微。一宿秋风里，烟波隔捣衣。

《全唐诗》卷六三八。今安徽繁昌县有灵山（见《元丰九域志》卷六），灵山寺或在山上。存疑。

游歙州兴唐寺

山桥通绝境，到此忆天台。竹里寻幽径，云边上古台。鸟归残照出，钟断细泉来。为爱澄溪月，因成隔宿回。

《全唐诗》卷六三八。

金山寺空上人院

已老金山顶，无心上石桥。讲移三楚遍，梵译五天遥。板阁禅秋月，铜瓶汲夜潮。自惭昏醉客，来坐亦通宵。

《全唐诗》卷六三八。

越中赠别

东越相逢几醉眠，满楼明月镜湖边。别离吟断西陵渡，杨柳秋风两岸蝉。

《全唐诗》卷六三九。

赠头陀僧

自说年深别石桥，遍游灵迹熟南朝。已知世路皆虚幻，不觉空门是寂寥。沧海附船浮浪久，碧山寻塔上云遥。如今竹院藏衰老，一点寒灯弟子烧。

《全唐诗》卷六三九，《天台前集别编》。

题宣州开元寺

谁家烟径长莓苔，金碧虚栏竹上开。流水远分山色断，清猿时带角声来。六朝明月唯诗在，三楚空山有雁回。达理始应尽惆怅，僧闲应得话天台。

《全唐诗》卷六三九。

喻坦之

喻坦之（生卒年不详），睦州（今浙江建德）人。咸通中，举进士不第。咸通十哲之一。据其诗曾游浙东。

题樟亭驿楼

危槛倚山城，风帆槛外行。日生沧海赤，潮落浙江清。秋晚遥峰出，沙干细草平。西陵烟树色，长见伍员情。

《全唐诗》卷七一三。

发浙江

岛屿遍含烟，烟中济大川。山城犹转漏，沙浦已摇船。海曙霞浮日，江遥水合天。此时空阔思，翻想涉穷边。

《全唐诗》卷七一三。

曹　唐

曹唐（生卒年不详），桂州（今广西桂林）人。大中时举进士不第。咸通中病卒。

刘晨阮肇游天台

树入天台石路新，云和草静迥无尘。烟霞不省生前事，水木空疑梦后身。往往鸡鸣岩下月，时时犬吠洞中春。不知此地归何处，须就桃源问主人。

《全唐诗》卷六四〇，《天台前集》卷中。

刘阮洞中遇仙子

天和树色霭苍苍，霞重岚深路渺茫。云实满山无鸟雀，水声沿涧有笙簧。碧沙洞里乾坤别，红树枝前日月长。愿得花间有人出，免令仙犬吠刘郎。

《全唐诗》卷六四〇，《天台前集》卷中。

仙子送刘阮出洞

殷勤相送出天台，仙境那能却再来。云液每归须强饮，玉书无事莫频开。花当洞口应长在，水到人间定不回。惆怅溪头从此别，碧山明月闭苍苔。

《全唐诗》卷六四〇，《天台前集》卷中。

仙子洞中有怀刘阮

不将清瑟理霓裳，尘梦那知鹤梦长。洞里有天春寂寂，人间无路月茫茫。玉沙瑶草连溪碧，流水桃花满涧香。晓露风灯零落尽，此生无处访刘郎。

《全唐诗》卷六四〇，《天台前集》卷中。

刘阮再到天台不复见仙子

再到天台访玉真，青苔白石已成尘。笙歌冥寞闲深洞，云鹤萧条绝旧邻。草树总非前度色，烟霞不似昔年春。桃花流水依然在，不见当时劝酒人。

《全唐诗》卷六四〇，《天台前集》卷中。

王远宴麻姑蔡经宅

好风吹树杏花香，花下真人道姓王。大篆龙蛇随笔札，小天星斗满衣裳。闲抛南极归期晚，笑指东溟饮兴长。要唤麻姑同一醉，使人沽酒向余杭。

《全唐诗》卷六四〇，《天台前集》卷中。

皇初平将入金华山

莫道真游烟景赊，潇湘有路入京华。溪头鹤树春常在，洞口人家日易斜。一水暗鸣闲绕涧，五云长往不还家。白羊成队难收拾，吃尽溪边巨胜花。

《全唐诗》卷六四〇。

送刘尊师祗诏阙庭三首

海风叶叶驾霓旌，天路悠悠接上清。锦诰凄凉遗去恨，玉箫哀绝醉离情。五湖夜月幡幢湿，双阙清风剑珮轻。从此暂辞华表柱，便应千载是归程。

五峰已别隔人间，双阙何年许再还。既扫山川收地脉，须留日月驻天颜。霞觞共饮身虽在，风驭难陪迹未闲。从此枕中唯有梦，梦魂何处访三山。

仙老闲眠碧草堂,帝书征入白云乡。龟台欲署长生籍,鸾殿还论不死方。红露想倾延命酒,素烟思爇降真香。五千言外无文字,更有何词赠武皇。

《全唐诗》卷六四〇。刘尊师,指仙都山(在今浙江缙云)道士刘处静。

三年冬大礼五首(其五)

太和琴暖发南薰,水阔风高得细闻。沧海举歌夔是相,历山回禅舜为君。翠微呼处生丹障,清净封中起白云。今日病身惭小隐,欲将泉石勒移文。

《全唐诗》卷六四〇。

小游仙诗九十八首

其　八

风满涂山玉蕊稀,赤龙闲卧鹤东飞。紫梨烂尽无人吃,何事韩君去不归。

其二十三

玉皇赐妾紫衣裳,教向桃源嫁阮郎。烂煮琼花劝君吃,恐君毛鬓暗成霜。

其二十六

偷来洞口访刘君,缓步轻抬玉线裙。细擘桃花逐流水,更无言语倚彤云。

其四十五

欲饮尊中云母浆，月明花里合笙簧。更教小奈将龙去，便向金坛取阮郎。

其九十八

绛阙夫人下北方，细环清佩响丁当。攀花笑入春风里，偷折红桃寄阮郎。

《全唐诗》卷六四一。

真人酬寄羡门子

云洞烟深意自迷，忆君肠断武陵溪。三山未觉家中远，九府那知路甚低。绛阙有时申再会，赤城何日手重携。唯愁不得分明语，惆怅长霄月又西。

《全唐诗补编·续拾》卷三二，《天台前集别编》。

李山甫

李山甫（生卒年里不详），咸通中举进士不第。

方干隐居

咬咬嘎嘎水禽声，露洗松阴满院清。溪畔印沙多鹤迹，槛前题竹有僧名。问人远岫千重意，对客闲云一片情。早晚尘埃得休去，且将书剑事先生。

《全唐诗》卷六四三。

山中寄梁判官

归卧东林计偶谐，柴门深向翠微开。更无尘事心头起，还有诗情象外来。康乐公应频结社，寒山子亦患多才。星郎雅是道中侣，六艺拘牵在隗台。

《全唐诗》卷六四三。

禅林寺作寄刘书记

坐近松风骨自寒，茅斋直拶白雪边。玄关不闭何人到，此事谁论在佛先。天竺老师留一句，曹溪行者答全篇。今朝林下忘言说，强把新诗寄谪仙。

《全唐诗》卷六四三。禅林寺，在天台山国清寺东北十五里。

项羽庙

为虏为王尽偶然，有何羞见汉江船。停分天下犹嫌少，可要行人赠纸钱。

《全唐诗》卷六四三。和州、西安、濠州、湖州均有项羽庙。存疑。

陪郑先辈华山罗谷访张隐者

白云闲洞口，飞盖入岚光。好鸟共人语，异花迎客香。谷风闻鼓吹，苔石见文章。不是陪仙侣，无因访阮郎。

《全唐诗》卷六四三。

李咸用

李咸用（生卒年不详），郡望陇西（今属甘肃）。唐末诗人，与来鹏有交谊。据其诗，可能曾游浙东。

石 版

高人好自然，移得它山碧。不磨如版平，大巧非因力。古藓小青钱，尘中看野色。冷倚砌花春，静伴疏篁直。山僧若转头，如逢旧相识。

《全唐诗》卷六四四。存疑。

寄楚琼上人

遥知无事日，静对五峰秋。鸟隔寒烟语，泉和夕照流。凭栏疏磬尽，瞑目远云收。几句出人意，风高白雪浮。

《全唐诗》卷六四五，《天台前集》卷下。

雪十二韵

六出凝阴气,同云指上天。结时风乍急,集处霰长先。草穗翘祥燕,陂桩叶白莲。犬狂南陌上,竹醉小池前。樵径花粘屦,渔舟玉帖舷。阵经旸谷薄,势想朔方偏。楼面光摇锡,篱头晓列钱。石苔青鹿卧,殿网素蛾穿。嘶马应思塞,蹲乌似为燕。童痴为兽捏,僧爱用茶煎。念物希周穆,含毫愧惠连。吟阑余兴逸,还忆剡溪船。

《全唐诗》卷六四五。

悼范摅处士

家在五云溪畔住,身游巫峡作闲人。安车未至柴关外,片玉已藏坟土新。虽有公卿闻姓字,惜无知己脱风尘。到头积善成何事,天地茫茫秋又春。

《全唐诗》卷六四六。

寄所知

曾将俎豆为儿戏,争奈干戈阻素心。遁去不同秦客逐,病来还作越人吟。名流古集典衣买,僻寺奇花贳酒寻。从道趣时身计拙,如非所好肯开襟。

《全唐诗》卷六四六。

胡　曾

胡曾(生卒年不详),长沙(今属湖南)人。咸通中(860—874)屡举不第。

咏史诗

东　山

五马南浮一化龙,谢安入相此山空。不知携妓重来日,几树莺啼谷口风。

会稽山

越王兵败已山栖,岂望全生出会稽。何事夫差无远虑,更开罗网放鲸鲵。

柯　亭

一宿柯亭月满天,笛亡人没事空传。中郎在世无甄别,争得名垂尔许年。

涂　山

大禹涂山御座开,诸侯玉帛走如雷。防风谩有专车骨,何事兹辰最后来。

《全唐诗》卷六四七。

严　都

严都(生卒年里不详),咸通初(860)任河东试官,约于咸通十年

(869)任司勋郎中。

送贺秘监归会稽应制

广成何必挂朝衣,已奉玄珠佐万机。还蹑旧来凫舄去,不将新赐鹤书归。暂凭风驭游清禁,终泛仙槎出紫微。今日汉庭因少别,人间无限白云飞。

《会稽掇英总集》卷二。"不将新赐鹤书归"句下原注:"先生固辞宠禄,竟追成命。""人间无限白云飞"句下原注:"将离洛都,历别公卿十数事,其处皆有白云起。"

吕　岩

吕岩(世次不详),传说中八仙之一,传为河中(今山西永济)人。咸通中(860—874)应进士试不第。其诗均托名之作。据《天台山方外志》记载,曾游天台。

七言(其五十四)

曾随刘阮醉桃源,未省人间欠酒钱。一领布裘权且当,九天回日却归还。凤茸袄子非为贵,狐白裘裳欲比难。只此世间无价宝,不凭火里试烧看。

《全唐诗》卷八五七。

题桐柏山黄先生庵门

吾有玄中极玄语,周游八极无处吐。云辩飘泛到凝阳,一见君兮在玄浦。知君本是孤云客,拟话希夷生恍惚。无为大道本根源,要君亲见求真物。其中有一分三五,本自无名号丹母。寒泉沥沥气绵绵,上透昆仑还紫府。浮沈升降入中宫,四象五行齐见土。驱青龙,擒白虎,起祥风兮下甘露。铅凝真汞结丹砂,一派火轮真为主。既修真,须坚确,能转乾坤泛海岳。运行天地莫能知,变化鬼神应不觉。千朝炼就紫金身,乃致全神归返朴。黄秀才,黄秀才,既修真,须且早,人间万事何时了。贪名贪利爱金多,为他财色身衰老。我今劝子心悲切,君自思兮生猛烈。莫教大限到身来,又是随流入生灭。留此片言,用表其意。他日相逢,必与汝决。莫退初心,善爱善爱。

《全唐诗》卷八五七。浙江天台县西北、河南桐柏县等地都有桐柏山。此诗论仙,当为天台桐柏山。

七夕(其二)

野人本是天台客,石桥南畔有旧宅。父子生来有两口,多好歌笙不好拍。

《全唐诗》卷八五八。

绍兴道会

会稽山道会,有道人携凉笠挂于壁,无挂笠之物而不坠。

偶乘青帝出蓬莱，剑戟峥嵘遍九垓。我在目前人不识，为留一笠莫沉埋。

《全唐诗》卷八五八。

题永康酒楼

鲸吸鳌吞数百杯，玉山谁起复谁颓。醒时两袂天气冷，一朵红云海上来。

《全唐诗》卷八五八。

题四明金鹅寺壁

方丈有门出不钥，见个山童露双脚。问伊方丈何寂寥，道是虚空也不著。闻此语，何欣欣，主翁岂是寻常人。我来谒见不得见，谒心耿耿生埃尘。归去也，波浩渺，路入蓬莱山杳杳。相思一上石楼时，雪晴海阔千峰晓。

《全唐诗》卷八五九。

白云岩

古木丛林号白云，高岩更去谒观音。路登青嶂上头上，寺隐白云深处深。法鼓震开天地眼，飞轮推出圣人心。时人到此如中悟，何必南岩海上寻。

《全唐诗补编·续补遗》卷一七，据《古今图书集成·职方典》一一六二《郧阳府部》。

集虚观留题

青蛇炼影月徘徊,夜静云间尚未来。应是有人新换骨,暂留踪迹到天台。

《全唐诗补编·续补遗》卷一七,《舆地纪胜》一六五《广安军·仙释》。

李 縠

李縠(生卒年不详),敦煌(今属甘肃)人。咸通(860—874)进士。曾任浙东观察推官,与皮日休等人有唱和。

浙东罢府西归酬别张广文皮先辈陆秀才

岂有头风笔下痊,浪成蛮语向初筵。兰亭旧趾虽曾见,柯笛遗音更不传。照曜文星吴分野,留连花月晋名贤。相逢只恨相知晚,一曲骊歌又几年。

《全唐诗》卷六三一。

张 玭

张玭(生卒年不详),族望清河(今河北清河),家居江南。乾宁二年(895)进士。咸通十哲之一。据其诗,曾游越中。

送缙云尉

释褐从仙尉，之官兴若何。去程唯水石，公署在云萝。野饭楼中迥，晴峰案上多。三年罢趋府，应更战高科。

《全唐诗》卷七〇二。

送董卿赴台州

九陌除书出，寻僧问海城。家从中路挈，吏隔数州迎。夜蚌侵灯影，春禽杂橹声。开图见异迹，思上石桥行。

《全唐诗》卷七〇二，《天台前集别编》。

赠信安太守

三衢正对福星时，喜得君侯妙抚绥。甲士散教耕垄亩，书生闲许从旌旗。条章最是贫家喜，禾黍仍防别郡饥。昨日中官说天意，即飞丹诏立新碑。

《全唐诗》卷七〇二。

投所知

十五年看帝里春，一枝头白未酬身。自闻离乱开公道，渐数孤平少屈人。劣马再寻商岭路，扁舟重寄越溪滨。省郎门似龙门峻，应借风雷变涸鳞。

《全唐诗》卷七〇二。

别郑仁表

春雷醉别镜湖边,官显才狂正少年。红烛满汀歌舞散,美人迎上木兰船。

《全唐诗》卷七〇二。

经范蠡旧居

一变姓名离百越,越城犹在范家无。他人不见扁舟意,却笑轻生泛五湖。

《全唐诗》卷七〇二。

龟山寺晚望

四面湖光绝路岐,䴔䴖飞起暮钟时。渔舟不用悬帆席,归去乘风插柳枝。

《全唐诗》卷七〇二。龟山寺,在今江苏盱眙。存疑。

郑　愚

郑愚(生卒年不详),番禺(今广东广州)人。咸通初(860),历商州刺史等。

幼　作

台山初罢雾，岐海正分流。渔浦飏来笛，鸿逵翼去舟。

《全唐诗》卷五九七。郑愚为番禺（今广东广州）人，又是幼作，存疑。

薛　逢

薛逢（生卒年不详），蒲州河东（今山西永济）人。会昌元年（841）进士。咸通初（860），出为成都少尹。

送衢州崔员外

笑分铜虎别京师，岭下山川想到时。红树暗藏殷浩宅，绿萝深覆偃王祠。风茅向暖抽书带，露竹迎风舞钓丝。休指岩西数归日，知君已负白云期。

《全唐诗》卷五四八。

送刘郎中牧杭州

一州横制浙江湾，台榭参差积翠间。楼下潮回沧海浪，枕边云起剡溪山。吴江水色连堤阔，越俗春声隔岸还。圣代牧人无远近，好将能事济清闲。

《全唐诗》卷五四八。

题春台观

殿前松柏晦苍苍，杏绕仙坛水绕廊。垂露额题精思院，博山炉袅降真香。苔侵古碣迷陈事，云到中峰失上方。便拟寻溪弄花去，洞天谁更待刘郎。

《全唐诗》卷五四八。

唐彦谦

唐彦谦（？—893？），并州晋阳（今山西太原）人。咸通（860—874）应进士举，十余年不第。据其诗，曾游浙东。

吊方干处士二首

不谓高名下，终全玉雪身。交犹及前辈，语不似今人。别号行鸣雁，遗编感获麟。敛衣应自定，只著古衣巾。

不比他人死，何诗可挽君。渊明元懒仕，东野别攻文。沧海诸公泪，青山处士坟。相看莫浪哭，私谥有前闻。

《全唐诗》卷六七一。

游南明山

久闻南明山，共慕南明寺。几度欲登临，日逐扰人事。于焉偶闲暇，鸣辔忽相聚。乘兴乐遨游，聊此托佳趣。涉水渡溪南，迢遥翠微里。石磴千叠斜，峭壁半空起。白云锁峰腰，红叶暗溪嘴。长藤络虚岩，疏花映寒水。金银拱梵刹，丹青照廊宇。石梁卧秋溟，风铃作檐语。深洞结苔阴，岚气滴晴雨。羊肠转咫尺，鸟道转千里。屈曲到禅房，上人喜延伫。香分宿火薰，茶汲清泉煮。投闲息万机，三生有宿契。行厨出盘飧，担瓮倒芳醑。脱冠挂长松，白石藉凭倚。宦途劳营营，暂此涤尘虑。阄令促传觞，投壶更联句。兴来较胜负，醉后忘尔汝。忽闻吼蒲牢，落日下云屿。长啸出烟萝，扬鞭赋归去。

《全唐诗》卷六七一。

寄徐山人

一室清羸鹤体孤，气和神莹爽冰壶。吴中高士虽求死，不那稽山有谢敷。

《全唐诗》卷六七二。

西明寺威公盆池新稻

为笑江南种稻时，露蝉鸣后雨霏霏。莲盆积润分畦小，藻井垂阴擢秀稀。得地又生金象界，结根仍对水田衣。支公尚有三吴思，更使幽人忆钓矶。

《全唐诗》卷六七二。

片　石

小斋庐阜石，寄自沃洲僧。山客劳携笈，幽人自得朋。瘦云低作段，野浪冻成云。便可同清话，何须有物凭。

《全唐诗》卷八八五。

王　棨

王棨（生卒年不详），福州福唐（今福建福清）人。咸通三年（862）进士。据其诗，曾游浙东。

省题诗二十一首·山明松雪

高树当轩晓，长松带雪明。景疑残月在，林似野云横。密叶缘多亚，修条被压倾。曙空连嶂白，寒气到檐清。影杂青牛重，光迷皓鹤惊。披衣凝望久，无限剡溪情。

《全唐诗补编·补逸》卷一三。

于　渍

于渍（生卒年不详），其先京兆（今陕西西安）人。会昌时（841—846）为乡贡进士。咸通二年（861）进士。据其诗，可能曾游浙东。

越溪女

会稽山上云,化作越溪人。枉破吴王国,徒为西子身。江边浣纱伴,黄金扼双腕。倏忽不相期,思倾赵飞燕。妾家基业薄,空有如花面。嫁尽绿窗人,独自盘金线。

《全唐诗》卷五九九,《会稽掇英总集》卷一三。

无名氏(1)

天台观石简记

海水竭,台山缺,皇家宝祚无休歇。

《全唐诗》卷八七五。据《增订注释全唐诗》卷八七一注引《嘉定赤城志》卷三〇题后注"咸通十三年,台州刺史姚鹄于天台山天台观观讲堂后创老君殿,得石函,中有玉简,上有文云云……",知作于咸通十三年(872)之前。

汪　遵

汪遵(生卒年不详),宣州泾县(今属安徽)人。咸通七年(866)进士。

越　女

玉貌何曾为浣沙，只图句践献夫差。苏台日夜唯歌舞，不觉干戈犯翠华。

《全唐诗》卷六〇二。

李　翔

李翔（生卒年不详），唐宗室，为江王李元祥之后。曾任莆田尉，约懿宗咸通间（860—874）在世。

看缙云山图

谓见仙都二十年，忽逢图画顿欣然。云岩不似人间世，物象翻疑洞里天。迴压鳌头当海眼，直侵鹏路倚星躔。顶湖纵去无多地，空见霜流百丈泉。

敦煌遗书伯三八六六，《敦煌诗集残卷辑考》卷中，《增订注释全唐诗》卷八八八。缙云山，在今浙江缙云，唐属处州。

百步桥

亘险陵虚百步桥，古应从此上千霄。不辞宛转峰千仞，且喜分明路一条。银汉攀缘知必到，月宫斟酌去非遥。牵牛漫更劳乌鹊，岁岁填河绿顶焦。

敦煌遗书伯三八六六,《敦煌诗集残卷辑考》卷中,《增订注释全唐诗》卷八八八。诗咏缙云山仙踪。

投龙池

虎眼涡盘石窟中,古今俱向此投龙。瀹沦不啻深千丈,盼蠁皆应到九重。洞穴昔闻通地府,风云今得遇灵踪。无因犯世间雷雨,池面连天拔一峰。

敦煌遗书伯三八六六,《敦煌诗集残卷辑考》卷中,《增订注释全唐诗》卷八八八。诗咏缙云山仙踪。

顶　湖

万仞峰头凿一湖,更谁来此用功夫。张霞鬣是星河鲤,濯火领多日御乌。往往风波闻下界,时时花雨护仙都。碧莲洞口人偷说,知似车轮许大无?

敦煌遗书伯三八六六,《敦煌诗集残卷辑考》卷中,《增订注释全唐诗》卷八八八。诗咏缙云山仙踪。

石　鹤

白石孤标逸鹤形,古人随类巧安名。岩花落处见朱顶,夜雨来时闻唳声。辽海未曾重寄语,緱山今更诗宽程。若教卫懿如今在,也遣轩车到此迎。

敦煌遗书伯三八六六,《敦煌诗集残卷辑考》卷中,《增订注释全唐诗》卷八八八。诗咏缙云山仙踪。

谢公石樽

康乐云栖迹尚存,竹亭犹仰古窪樽。苔封四面迷山象,露滴中心认酒痕。岩月旧未曾伴饮,涧泉今咽共谁论。无因访得逃尧客,求取风瓢挂石门。

敦煌遗书伯三八六六,《敦煌诗集残卷辑考》卷中,《增订注释全唐诗》卷八八八。诗咏缙云山仙踪。

宿西山凌云观

掩映真居不易求,自惊何路到蓬丘?庭心月近石坛古,海面风微山殿秋。控鹤岭高星半隔,伏龙岗转水分流。胡尊纵使如今在,谁继花姑问事由?

敦煌遗书伯三八六六,《敦煌诗集残卷辑考》卷中,《增订注释全唐诗》卷八八八。西山,当指温州的西山,在今浙江温州西。

袁 郊

袁郊(生卒年不详),蔡州朗山(今河南确山)人。懿宗咸通中(860—874),为祠部郎中。

竹枝词

身前身后事茫茫，欲话因缘恐断肠。吴越山川游已遍，却回烟棹上瞿塘。

《全唐五代词》正编卷一。一作圆观作，见《全唐诗补编·续补遗》卷三。为小说家所托，《全唐五代词》正编卷一有考证。

薛昭蕴

薛昭蕴（生卒年里不详），乾宁中（894—898）为礼部侍郎。一说即薛昭纬，唐末词人。

浣溪沙

倾国倾城恨有余。几多红泪泣姑苏。倚风凝睇雪肌肤。　吴主山河空落日，越王宫殿半平芜。藕花菱蔓满平湖。

越女淘金春水上。步摇云鬟佩鸣珰。渚风江草又清香。　不为远山凝翠黛，只应含恨向斜阳。碧桃花谢忆刘郎。

《全唐诗》卷八九四，《全唐五代词》正编卷三。

女冠子

求仙去也。翠钿金篦尽舍。入岩峦。雾卷黄罗帔，云雕白玉冠。　野烟溪洞冷，林月石桥寒。静夜松风下，礼天坛。

云罗雾縠。新授明威法箓。降真函。髻绾青丝发,冠抽碧玉篸。　　往来云过五,去住岛经三。正遇刘郎使,启瑶缄。

《全唐诗》卷八九四,《全唐五代词》正编卷三。

薛　能

薛能(?—880),汾州(今山西汾阳)人。咸通十三年(872)之前可能曾游浙东。

送浙东王大夫

天爵擅忠贞,皇恩复宠荣。远源过晋史,甲族本缑笙。亚相兼尤美,周行历尽清。制除天近晓,衔谢草初生。宾客招闲地,戎装拥上京。九街鸣玉勒,一宅照红旌。细雨当离席,遥花显去程。佩刀畿甸色,歌吹馆桥声。骤袅从秦赐,艅艎到汴迎。步沙逢霁月,宿岸致严更。渤澥流东鄙,天台压属城。众谈称重镇,公意念疲甿。井邑曾多难,疮痍此未平。察应均赋敛,逃必复桑耕。隼重权兼帅,鼍雄设有兵。越台随厚俸,剡硾得尤名。夜蜡州中宴,春风部外行。香奁扃凤诏,朱篆动龙坑。报后功何患,投虚论素精。征还真指掌,感激自关情。旧业怀昏作,微班负旦评。空余骚雅事,千古傲刘桢。

《全唐诗》卷五五九。

水帘吟

万滴相随万响兼，路尘天产尽旁沾。源从颢气何因绝，派助前溪岂觉添。豪客每来清夏葛，愁人才见认秋檐。嘉名已极终难称，别是风流不是帘。

《全唐诗》卷五六〇。存疑。

宿云门寺

初宵门未掩，独立对霜空。极目故乡月，满池寒草风。樵声当岭上，僧语在云中。正恨归期晚，萧萧闻塞鸿。

《会稽掇英总集》卷六。

再游云门访僧不遇

数歇渡深水，渐非尘俗间。泉声入秋寺，月色遍寒山。石路几回雪，禅房又闭关。不知双树客，何处与云闲。

《会稽掇英总集》卷六。

僧　鸾

僧鸾（生卒年里不详），蜀中（今四川）僧。咸通中（860—874）往谒嘉州刺史薛能。

赠李粲秀才(节录)

……前辈歌诗惟翰林,神仙老格何高深。鞭驰造化绕笔转,灿烂不为酸苦吟。梦乘明月清沉沉,飞到天台天姥岑。倾湖涌海数百字,字字不朽长拟金。此日多君可俦侣,堆珠叠玑满玄圃。终日并辔游昆仑,十二楼中宴王母。

《全唐诗》卷八二三。诗题下原注:"字辉用。"

元　淳

元淳(生卒年不详),唐时女道士,约为洛阳(今属河南)人。乾符(874—879)以前在世。

送霍□□(师妹)游天台

暂别万□□□□,□□一□入天台。霞城峭壁无人〔到〕,丹灶芝田有鹤来。

《敦煌诗集残卷辑考》卷下。《全唐诗》卷八〇五元淳句下录此诗三、四句,诗题无"送"字,"霞城"作"赤城"。

高　骈

高骈(821—887),幽州(今北京)人。据其诗,当曾游天台。

筇竹杖寄僧

坚轻筇竹杖,一枝有九节。寄与沃洲人,闲步青山月。

《全唐诗》卷五九八。

访隐者不遇

落花流水认天台,半醉闲吟独自来。惆怅仙翁何处去,满庭红杏碧桃开。

《全唐诗》卷五九八,《天台前集》卷下。

刘　驾

刘驾(822—?),江东人。

姑苏台

勾践饮胆日,吴酒正满杯。笙歌入海云,声自姑苏来。西施舞初罢,侍儿整金钗。众女不敢妒,自比泉下泥。越鼓声腾腾,吴天隔尘埃。难将甬东地,更学会稽栖。霸迹一朝尽,草中棠梨开。

《全唐诗》卷五八五。诗题一作《吴中怀古》。

郑 畋

郑畋(825—883),荥阳(今属河南)人。

题缑山王子晋庙

有昔灵王子,吹笙溯泬寥。六宫攀不住,三岛去相招。亡国原陵古,宾天岁月遥。无蹊窥海曲,有庙访山椒。石帐龙蛇拱,云栊彩翠销。露坛装琬琰,真像写松乔。珠馆青童宴,琳宫阿母朝。气舆仙女侍,天马吏兵调。湘妓红丝瑟,秦郎白管箫。西城要绰约,南岳命娇娆。句曲觞金洞,天台啸石桥。晚花珠弄蕊,春茹玉生苗。二景神光秘,三元宝箓饶。雾垂鸦翅发,冰束虎章腰。鹤驭争衔箭,龙妃合献绡。衣从星渚浣,丹就日宫烧。物外花尝满,人间叶自凋。望台悲汉戾,阅水笑梁昭。古殿香残灺,荒阶柳长条。几曾期七日,无复降重霄。嵩岭连天汉,伊澜入海潮。何由得真诀,使我佩环飘。

《全唐诗》卷五五七。《天台前集别编》,诗题作《谒升仙太子庙》。

曹 松

曹松(830?—902?),舒州(今安徽潜山)人。据其诗,可能曾游越中。

赠衡山麋明府

为县潇湘水，门前树配苔。晚吟公籍少，春醉积林开。涤砚松香起，擎茶岳影来。任官当此境，更莫梦天台。

《全唐诗》卷七一六。

九江送方干归镜湖

一樯悬五两，此日动归风。客路抛湓口，家林入镜中。谭余云出峤，咏苦月欹空。更若看鸡鹊，何人夜坐同。

《全唐诗》卷七一七。

赠余干袁明府

一雨西城色，陶家心自清。山衔中郭分，云卷下湖程。公署闻流木，人烟入废城。难忘楚尽处，新有越吟生。

《全唐诗》卷七一七。

天台瀑布

万仞得名云瀑布，远看如织挂天台。休疑宝尺难量度，直恐金刀易剪裁。喷向林梢成夏雪，倾来石上作春雷。欲知便是银河水，堕落人间合却回。

《全唐诗》卷七一七。

赠镜湖处士方干二首

包含教化剩搜罗，句出东瓯奈峭何。世路不妨平处少，才人唯是屈声多。云来岛上便幽石，月到湖心忌白波。后辈难为措机杼，先生织字得龙梭。
只拟应星眠越绝，唯将丽什当高勋。磨砻清浊人难会，织络虚无帝亦闻。鸟道未知山足雨，渔家已没镜中云。他时莫为三征起，门外沙鸥解笑君。

《全唐诗》卷七一七。

贺知章官至秘书监忆镜湖山水上疏明皇放归乡土仍赐镜湖山河五百里曹松题镜湖诗曰

不因良匠写清光，照见越州年岁长。裹许云山更孤峭，一时宣赐贺知章。

《全唐诗补编·补逸》卷一四。

罗 邺

罗邺（生卒年不详），吴（今江苏苏州）人，一说余杭（今属浙江）人。咸通中（860—874）数下第之时游越。

题水帘洞

乱泉飞下翠屏中，名共真珠巧缀同。一片长垂今与古，半山遥听水兼风。虽无舒卷随人意,自有潺湲济物功。每向暑天来往见,疑将仙子隔房栊。

《全唐诗》卷六五四。存疑。

闻友人入越幕因以诗赠

稽岭春生酒冻销,烟鬟红袖恃娇饶。岸边丛雪晴香老,波上长虹晚影遥。正哭阮途归未得,更闻江笔赴嘉招。人间荣瘁真堪恨,坐想征轩鬓欲凋。

《全唐诗》卷六五四。

水　帘

万点飞泉下白云,似帘悬处望疑真。若将此水为霖雨,更胜长垂隔路尘。

《全唐诗》卷六五四。存疑。

南　行

腊晴江暖鸊鹈飞,梅雪香粘越女衣。鱼市酒村相识遍,短船歌月醉方归。

《全唐诗》卷六五四。

吴门再逢方干处士

天上高名世上身,垂纶何不驾蒲轮。一朝卿相俱前席,千古篇章冠后人。稽岭不归空挂梦，吴宫相值欲沾巾。吾王若致升平化，可独成周只渭滨。

《全唐诗》卷六五四。

宿云门寺(其一、其二)

寺入千岩石路长，孤吟一宿远公房。卧听半夜杉柽雨，转觉中峰枕簟凉。华界卒无悲苦念，尘襟还自是非忙。他年纵若重来此，息得心猿鬓已霜。
入松穿竹路难分，藉地连岩总是云。欲问老僧多少事，乱泉相聒不相闻。

《会稽掇英总集》卷六。

卷　六

皮日休

皮日休(834？—883？),襄阳竟陵(今湖北天门)人。据其诗及魏璞诗,曾游浙东。

二游诗·徐诗(节录)

……唯写坟籍多,必云清俸绝。宣毫利若风,剡纸光与月。……

《全唐诗》卷六〇九。

奉和鲁望樵人十咏·樵风

野船渡樵客,来往平波中。纵横清飙吹,旦暮归期同。蘋光惹衣白,莲影涵薪红。吾当请封尔,直作镜湖公。

《全唐诗》卷六一一。

奉和添酒中六咏·酒船

刻桂复刳兰,陶陶任行乐。但知涵泳好,不计风涛恶。尝行曲封内,稍系糟丘泊。东海如可倾,乘之就斟酌。

《全唐诗》卷六一一。

茶中杂咏·茶瓯

邢客与越人,皆能造兹器。圆似月魂堕,轻如云魄起。枣花势旋眼,蘋沫香沾齿。松下时一看,支公亦如此。

《全唐诗》卷六一一。

奉和鲁望四明山九题

石　窗

窗开自真宰,四达见苍涯。苔染浑成绮,云漫便当纱。棂中空吐月,扉际不扃霞。未会通何处,应怜玉女家。

过　云

粉洞二十里,当中幽客行。片时迷鹿迹,寸步隔人声。以杖探虚翠,将襟惹薄明。经时未过得,恐是入层城。

云　南

云南背一川,无雁到峰前。墟里生红药,人家发白泉。儿童皆似古,婚嫁尽如仙。共作真官户,无由税石田。

云　北

云北昼冥冥，空疑背寿星。犬能谙药气，人解写芝形。野歇遇松盖，醉书逢石屏。焚香住此地，应得入金庭。

鹿　亭

鹿群多此住，因构白云楣。待侣傍花久，引麛穿竹迟。经时掊玉涧，尽日嗅金芝。为在石窗下，成仙自不知。

樊　榭

主人成列仙，故榭独依然。石洞哄人笑，松声惊鹿眠。井香为大药，鹤语是灵篇。欲买重栖隐，云峰不售钱。

潺湲洞

阴宫何处渊，到此洞潺湲。敲碎一轮月，熔销半段天。响高吹谷动，势急喷云旋。料得深秋夜，临流尽古仙。

青棂子

山风熟异果，应是供真仙。味似云腴美，形如玉脑圆。衔来多野鹤，落处半灵泉。必共玄都奈，花开不记年。

鞠　侯

堪羡鞠侯国，碧岩千万重。烟萝为印绶，云壑是堤封。泉遣狙公护，果教狝子供。尔徒如不死，应得蹑玄踪。

《全唐诗》卷六一二。

五贶诗·华顶杖

金庭仙树枝，道客自携持。探洞求丹粟，挑云觅白芝。量泉将濯足，阑鹤把支颐。以此将为赠，惟君尽得知。

《全唐诗》卷六一二。《天台前集别编》诗题注："毗陵处士魏君有天台杖一色，黯而力遒，谓之华顶杖。"

开元寺客省早景即事

客省萧条柿叶红，楼台如画倚霜空。铜池数滴桂上雨，金铎一声松杪风。鹤静时来珠像侧，鸽驯多在宝幡中。如何尘外虚为契，不得支公此会同。

《全唐诗》卷六一三。

孙发百篇将游天台请诗赠行因以送之

孙子荆家思有余，元戎曾荐入公车。百篇宫体喧金屋，一日官衔下玉除。紫府近通斋后梦，赤城新有寄来书。因逢二老如相问，正滞江南为鲍鱼。

《全唐诗》卷六一三，《天台前集》卷中。

重玄寺元达年逾八十好种名药凡所植者多至自天台四明包山句曲丛翠纷糅各可指名余奇而访之因题二章

雨涤烟锄伛偻赍，绀牙红甲两三畦。药名却笑桐君少，年纪翻嫌竹祖低。白石静敲蒸术火，清泉闲洗种花泥。怪来昨日休持钵，一尺雕胡似掌齐。

香蔓蒙茏覆昔邪，桂烟杉露湿袈裟。石盆换水捞松叶，竹径穿床避笋芽。藜杖移时挑细药，铜瓶尽日灌幽花。支公谩道怜神骏，不及今朝种一麻。

《全唐诗》卷六一三，《天台前集》卷中。

鲁望以轮钩相示缅怀高致因作三篇（其一）

角柄孤轮细腻轻，翠篷十载伴君行。撚时解转蟾蜍魄，抛处能啼络纬声。七里滩波喧一舍，五云溪月静三更。牛衣鲋足和蓑睡，谁信人间有利名。

《全唐诗》卷六一四。五云溪，即若耶溪，在越州。

夏景冲澹偶然作二首（其二）

一室无喧事事幽，还如贞白在高楼。天台画得千回看，湖目芳来百度游。无限世机吟处息，几多身计钓前休。他年谒帝言何事，请赠刘伶作醉侯。

《全唐诗》卷六一四。

寄题镜岩周尊师所居

处州仙都山，山之半有洞口，下望之如鉴，目之曰镜岩。下去地二百尺，上者以竹梯为级。中如方丈，内有乳水，滴沥嵌罅。黄老徒周君景复居焉，迨八十年，不食乎粟，日唯焚降真香一炷，读《灵宝度人经》而已。东牟段公柯昔为州日，闻其名，梯其室以造之。且曰：

“君居此久矣，乳水之滴，昼夜可知量乎？”周君曰：“某常揣之，尽昼与夜，一斛加半焉。”公异而礼之。后柯别十二年，日休至吴，处人过，说“周君尚存”。吟想其道，无由以睹，因寄题是诗云。

八十余年住镜岩，鹿皮巾下雪髟髟。床寒不奈云萦枕，经润何妨雨滴函。饮涧猿回窥绝洞，缘梯人歇倚危杉。如何计吏穷于鸟，欲望仙都举一帆。

《全唐诗》卷六一四。

寒夜文宴得泉字

分明竞襞七香笺，王朗风姿尽列仙。盈篋共开华顶药，满瓶同坼惠山泉。蟹因霜重金膏溢，橘为风多玉脑鲜。吟罢不知诗首数，隔林明月过中天。

《全唐诗》卷六一四，《天台前集别编》。王朗，汉末会稽太守。

寒日书斋即事三首（其二）

不知何事有生涯，皮褐亲裁学道家。深夜数瓯唯柏叶，清晨一器是云华。盆池有鹭窥蘋沫，石版无人扫桂花。江汉欲归应未得，夜来频梦赤城霞。

《全唐诗》卷六一四，《天台前集别编》。

腊后送内大德从勖游天台

讲散重云下九天，大君恩赐许随缘。霜中一钵无辞乞，湖上孤舟不废禅。梦入琼楼寒有月,行过石树冻无烟。他时瓜镜知何用,吴越风光满御筵。

《全唐诗》卷六一四,《天台前集》卷中。

寄题玉霄峰叶涵象尊师所居

青冥向上玉霄峰,元始先生戴紫蓉。晓案琼文光洞壑,夜坛香气惹杉松。闲迎仙客来为鹤,静噀灵符去是龙。子细扪心无偃骨,欲随师去肯相容。

《全唐诗》卷六一四,《天台前集》卷中。玉霄峰,在天台山。

醉中即席赠润卿博士

适越游吴一散仙,银瓶玉柄两翛然。茅山顶上携书簏,笠泽心中漾酒船。桐木布温吟倦后,桃花饭熟醉醒前。谢安四十余方起,犹自高闲得数年。

《全唐诗》卷六一四。

奉送浙东德师侍御罢府西归

建安才子太微仙,暂上金台许二年。形影欲归温室树,梦魂犹傍越溪莲。空将海月为京信,尚使樵风送酒船。从此受恩知有处,免为伧鬼恨吴天。

《全唐诗》卷六一四。

鸳鸯二首(其二)

钿镂雕镂费深功,舞妓衣边绣莫穷。无日不来湘渚上,有时还在镜湖中。烟浓共拂芭蕉雨,浪细双游菡萏风。应笑豪家鹦鹉伴,年年徒被锁金笼。

《全唐诗》卷六一四。

芳草渡

溪南越乡音,古柳渡江深。日晚无来客,闲船系绿阴。

《全唐诗》卷六一五。

馆娃宫怀古五绝

绮阁飘香下太湖,乱兵侵晓上姑苏。越王大有堪羞处,只把西施赚得吴。
郑妲无言下玉墀,夜来飞箭满罘罳。越王定指高台笑,却见当时金镂楣。
半夜娃宫作战场,血腥犹杂宴时香。西施不及烧残蜡,犹为君王泣数行。
素袜虽遮未掩羞,越兵犹怕伍员头。吴王恨魄今如在,只合西施濑上游。
响屧廊中金玉步,采蘋山上绮罗身。不知水葬今何处,溪月弯弯欲效颦。

《全唐诗》卷六一五。

寄题天台国清寺齐梁体

十里松门国清路，饭猿台上菩提树。怪来烟雨落晴天，元是海风吹瀑布。

《全唐诗》卷六一五，《天台前集》卷中。

奉和鲁望药名离合夏月即事三首（其二）

数曲急溪冲细竹，叶舟来往尽能通。草香石冷无辞远，志在天台一遇中。

《全唐诗》卷六一六，《天台前集》卷中。

怀锡山药名离合二首（其一）

暗窦养泉容决决，明园护桂放亭亭。历山居处当天半，夏里松风尽足听。

《全唐诗》卷六一六。锡山，在今江苏无锡西。存疑。

夜看樱桃花

纤枝瑶月弄圆霜，半入邻家半入墙。刘阮不知人独立，满衣清露到明香诗。

《全唐诗》卷八八五。

咏白莲

腻于琼粉白于脂,京兆夫人未画眉。静婉舞偷将动处,西施颦效半开时。通宵带露妆难洗,尽日凌波步不移。愿作水仙无别意,年年图与此花期。
细嗅深看暗断肠,从今无意爱红芳。折来只合琼为客,把种应须玉甃塘。向日但疑酥滴水,含风浑讶雪生香。吴王台下开多少,遥似西施上素妆。

《全唐诗》卷八八五。

陆龟蒙

陆龟蒙(? —881?),苏州吴县(今属江苏)人。据其诗及魏璞诗,曾游浙东。

袭美先辈以龟蒙所献五百言既蒙见和复示荣唱至于千字提奖之重蔑有称实再抒鄙怀用伸酬谢(节录)

……嬴氏并六合,势尊丞相斯。加于挟书律,尽取坑焚之。南勒会稽颂,北恢胡亥胝。犹怀遍巡狩,不暇亲维持。……

《全唐诗》卷六一七。

问吴宫辞

彼吴之宫兮江之那涯，复道盘兮当高且斜。波摇疏兮雾濛箔，菡萏国兮鸳鸯家。鸾之箫兮蛟之瑟，骈筠参差兮界丝密。宴曲房兮上初日，月落星稀兮歌酣未毕。越山丛丛兮越溪疾，美人雄剑兮相先后出。火姑苏兮沼长洲，此宫之丽人兮留乎不留。霜氛重兮孤榜晓，远树扶苏兮愁烟悄眇。欲摭愁烟兮问故基，又恐愁烟兮推白鸟。

《全唐诗》卷六二一。

四明山诗并序

谢遗尘者，有道之士也。尝隐于四明之南雷，一旦访予来，语不及世务。且曰：吾得于玉泉生，知子性诞逸，乐神仙中书，探海岳遗事，以期方外之交。虽铜墙鬼炊，虎狱剑饵，无不窥也。今为子语吾山之奇者。有峰最高，四穴在峰上，每天地澄霁，望之如牖户，相传谓之石窗，即四明之目也。山中有云不绝者二十里，民皆家云之南北，每相从，谓之过云。有鹿亭，有樊榭，有潺湲洞。木实有青棂子，味极甘而坚不可卒破。有猿，山家谓之鞠侯。其他在图籍，不足道也。凡此佳处，各为我赋诗。予因作九题，题四十字，谢省之曰：玉泉生真不诬矣，好事者为予传之。因呈袭美。

石　窗

石窗何处见，万仞倚晴虚。积霭迷青琐，残霞动绮疏。山应列圆峤，宫便接方诸。只有三奔客，时来教隐书。

过　云

相访一程云，云深路仅分。啸台随日辨，樵斧带风闻。晓著衣全湿，寒冲酒不醺。几回归思静，仿佛见苏君。

云　南

云南更有溪，丹砾尽无泥。药有巴赍卖，枝多越鸟啼。夜清先月午，秋近少岚迷。若得山颜住，芝篷手自携。

云　北

云北是阳川，人家洞壑连。坛当星斗下，楼拶翠微边。一半遥峰雨，三条古井烟。金庭如有路，应到左神天。

鹿　亭

鹿亭岩下置，时领白麛过。草细眠应久，泉香饮自多。认声来月坞，寻迹到烟萝。早晚吞金液，骑将上绛河。

樊　榭

樊榭何年筑，人应白日飞。至今山客说，时驾玉麟归。乳蒂缘松嫩，芝台出石微。凭栏虚目断，不见羽华衣。

潺湲洞

石浅洞门深，潺潺万古音。似吹双羽管，如奏落霞琴。倒穴漂龙沫，穿松溅鹤襟。何人乘月弄，应作上清吟。

青棂子

山实号青棂，环冈次第生。外形坚绿壳，中味敌璚英。堕石樵儿拾，敲林宿鸟惊。亦应仙吏守，时取荐层城。

鞠　侯

何事鞠侯名，先封在四明。但为连臂饮，不作断肠声。野蔓垂缨细，寒泉佩玉清。满林游宦子，谁为作君卿。

《全唐诗》卷六二二。

奉和袭美赠魏处士五贶诗

五泻舟

样自桐川得，词因隐地成。好渔翁亦喜，新白鸟还惊。沙际拥江沫，渡头横雨声。尚应嫌越相，遗祸不遗名。

华顶杖

万古阴崖雪，灵根不为枯。瘦于霜鹤胫，奇似黑龙须。拄访谭玄客，持看泼墨图。湖云如有路，兼可到仙都。

《全唐诗》卷六二二。

袭美见题郊居十首因次韵酬之以伸荣谢（其七）

禹穴奇编缺，雷平异境残。静吟封篆检，归兴削帆竿。白石堪为饭，青萝好作冠。几时当斗柄，同上步罡坛。

《全唐诗》卷六二二。

京口与友生话别(节录)

……历自尧阶数,书因禹穴探。御龙虽世禄,下马亦清谭。国计徒盈策,家储不满甑。断帘从燕出,敛弁请人簪。……

《全唐诗》卷六二三。

送宣武从事越中按狱

晓看呈使范,知欲敕星轺。水国难驱传,山城便倚桡。秉筹先独立,持法称高标。旌旆临危堞,金丝发丽谯。别愁当翠巘,冤望隔风潮。木落孤帆迥,江寒叠鼓飘。客鸿吴岛尽,残雪剡汀消。坐想休秦狱,春应到柳条。

《全唐诗》卷六二三,《会稽掇英总集》卷一〇。

二遗诗并序

二遗者何?石枕材、琴荐也。石者何?松之所化也。松者何?越之东阳也。东阳多名山,就中金华为最。枝峰蔓壑,秀气磅礴者数百里,不啻神仙登临,草木芬怪。永康之地,亦蝉联其间,中饶古松,往往化而为石。盘根大柯,文理曲折,尽为好事者得而致于人间,以为耳目之异。太山羊振文得枕材,赵郡李中秀得琴荐,皆兹石也。咸以遗予,予以二遗之奇,聊赋诗以谢。

谁从毫末见参天,又到苍苍化石年。万古清风吹作籁,一条寒溜滴成穿。闲追金带徒劳恨,静格朱丝更可怜。幸与野人俱散诞,不烦良匠更雕镌。

《全唐诗》卷六二四。

新秋月夕客有自远相寻者作吴体二首以赠(其一)

风初寥寥月乍满,杉篁左右供余清。因君一话故山事,忆鹤互应深溪声。云门老僧定未起,白阁道士遥相迎。日闻羽檄日夜急,掉臂欲归岩下行。

《全唐诗》卷六二四。

寒夜同袭美访北禅院寂上人

月楼风殿静沉沉,披拂霜华访道林。鸟在寒枝栖影动,人依古堞坐禅深。明时尚阻青云步,半夜犹追白石吟。自是海边鸥伴侣,不劳金偈更降心。

《全唐诗》卷六二四。

和袭美送孙发百篇游天台

直应天授与诗情,百咏唯消一日成。去把彩毫挥下国,归参黄绶别春卿。闲窥碧落怀烟雾,暂向金庭隐姓名。珍重兴公徒有赋,石梁深处是君行。

《全唐诗》卷六二五,《天台前集》卷中。

奉和袭美怀华阳润卿博士三首(其二)

火景应难到洞宫,萧闲堂冷任天风。谈玄麈尾抛云底,服散龙胎在酒中。有路还将赤城接,无泉不共紫河通。奇编早晚教传授,免以神仙问葛洪。

《全唐诗》卷六二五,《天台前集别编》。

和袭美寄题镜岩周尊师所居

见说身轻鹤不如,石房无侣共云居。清晨自削灵香柿,独夜空吟碧落书。十洞飞精应遍吸,一簪秋发未曾梳。知君便入悬珠会,早晚东骑白鲤鱼。

《全唐诗》卷六二六。镜岩,在处州仙都山。

和袭美腊后送内大德从勖游天台

应缘南国尽南宗,欲访灵溪路暗通。归思不离双阙下,去程犹在四明东。铜瓶净贮桃花雨,金策闲摇麦穗风。若恋吾君先拜疏,为论台岳未封公。

《全唐诗》卷六二六,《天台前集》卷中。

和袭美寄题玉霄峰叶涵象尊师所居

天台一万八千丈,师在浮云端掩扉。永夜只知星斗大,深秋犹见海山微。风前几降青毛节,雪后应披白羽衣。南望烟霞空再拜，欲将飞魄问灵威。

《全唐诗》卷六二六，《天台前集》卷中。

送董少卿游茅山

威辇高悬度世名，至今仙裔作公卿。将随羽节朝珠阙，曾佩鱼符管赤城。云冻尚含孤石色，雪干犹堕古松声。应知四扇灵方在，待取归时绿发生。

《全唐诗》卷六二六，《天台前集别编》。“曾佩鱼符管赤城”句下原注：“董尝判台州。”

送浙东德师侍御罢府西归

王谢遗踪玉籍仙，三年闲上鄂君船。诗怀白阁僧吟苦，俸买青田鹤价偏。行次野枫临远水，醉中衰菊卧凉烟。芙蓉散尽西归去，唯有山阴九万笺。

《全唐诗》卷六二六。

伤　越

越溪自古好风烟，盗束兵缠已半年。访戴客愁随水远，浣纱人泣共埃捐。临焦赖洒王师雨，欲堕重登刺史天。早晚山川尽如故，清吟闲上鄂君船。

《全唐诗》卷六二六，《会稽掇英总集》卷一三。

寄怀华阳道士(节录)

……绝涧饮羊春水腻,傍林烧石野烟腥。深沉谷响含疏磬,片段岚光落画屏。休采古书探禹穴,自刊新历斗尧蓂。……

《全唐诗》卷六二六。

自遣诗三十首(其二十六)

山下花明水上曛,一桡青翰破霞文。越人但爱风流客,绣被何须属鄂君。

《全唐诗》卷六二八。

和袭美馆娃宫怀古五绝

其　一

三千虽衣水犀珠,半夜夫差国暗屠。犹有八人皆二八,独教西子占亡吴。

其　三

几多云榭倚青冥,越焰烧来一片平。此地最应沾恨血,至今春草不匀生。

其　四

江色分明练绕台,战帆遥隔绮疏开。波神自厌荒淫主,句践楼船稳帖来。

《全唐诗》卷六二八。

和袭美天竺寺八月十五夜桂子

霜实常闻秋半夜，天台天竺堕云岑。如何两地无人种，却是湘漓是桂林。

《全唐诗》卷六二八，《天台前集》卷中。“天台天竺堕云岑”句下原注：“垂拱中，天台桂子落一百余日方止。”

寄题天台国清寺齐梁体

峰带楼台天外立，明河色近罘罳湿。松间石上定僧寒，半夜楢溪水声急。

《全唐诗》卷六二八，《天台前集》卷中。

秘色越器

九秋风露越窑开，夺得千峰翠色来。好向中宵盛沆瀣，共嵇中散斗遗杯。

《全唐诗》卷六二九。

吴宫怀古

香径长洲尽棘丛，奢云艳雨只悲风。吴王事事须亡国，未必西施胜六宫。

《全唐诗》卷六二九。

范 蠡

平吴专越祸胎深，岂是功成有去心。句践不知嫌鸟喙，归来犹自铸良金。

《全唐诗》卷六二九，《会稽掇英总集》卷一三。

山僧二首

山藓几重生草履，涧泉长自满铜瓶。时将如意敲眠虎，遣向林间坐听经。
一夏不离苍岛上，秋来频话石城南。思归瀑布声前坐，却把松枝拂旧庵。

《全唐诗》卷六二九。如意敲眠虎，会稽典。

漉酒巾

靖节高风不可攀，此巾犹坠冻醪间。偏宜雪夜山中戴，认取时情与醉颜。

《全唐诗》卷六二九。

奉酬袭美苦雨四声重寄三十二句·平入声

危檐仍空阶，十日滴不歇。青莎看成狂，白菊即欲没。吴王荒金尊，越妾挟玉瑟。当时虽愁霖，亦若惜落月。

《全唐诗》卷六三〇。

魏 璞

魏璞(生卒年不详),毗陵(今江苏常州)人。唐末吴中名士。与皮日休等交往,据诗曾游浙东。

寻鸟窠迹

为访名僧迹,言寻小曲阿。松林春日静,石径晚云多。道法传驯鹊,禅机显化螺。空潭山色印,谁与证谁摩。

《全唐诗补编·补逸》卷一三,《江上诗抄》卷一。诗题下原注:"唐道林禅师入秦望山,见长松蟠曲如盖,遂栖止其上,故为鸟窠禅师。"

陪皮袭美陆鲁望重过鸟窠迹

重探灵迹到空山,山下茅庵几叩关。不为白云招客屐,那教清境接人寰。螺池水色经年静,仙岭松声镇日闲。拟约高贤同结社,好移竹室住前湾。

《全唐诗补编·补逸》卷一三,《江上诗抄》卷一。

题舜山后牛迹石

耕凿连云磴,蹄痕见福衡。泣天伸养志,喘月藉留名。纪凤仪同美,歌麟趾并荣。胜遗方寸地,风动后人耕。

《全唐诗补编·补逸》卷一三,《江上诗抄》卷一。

司空图

司空图（837—908），河中虞乡（今山西永济）人。

寄永嘉崔道融

旅寓虽难定，乘闲是胜游。碧云萧寺霁，红树谢村秋。戍鼓和潮暗，船灯照岛幽。诗家多滞此，风景似相留。

《全唐诗》卷六三二。

贺翰林侍郎二首（其一）

太白东归鹤背吟，镜湖空在酒船沉。今朝忽见银台事，早晚重征入翰林。

《全唐诗》卷六三三。

游仙二首（其二）

刘郎相约事难谐，雨散云飞自此乖。月姊殷勤留不住，碧空遗下水精钗。

《全唐诗》卷六三四。

杨柳枝寿杯词十八首（其五）

桃源仙子不须夸，闻道惟栽一片花。何似浣纱溪畔住，绿阴相间两三家。

《全唐诗》卷六三四。

曹　邺

曹邺(生卒年不详),桂林阳朔(今属广西)人。大中四年(850)进士。

徒相逢

江边野花不须采,梁头野燕不用亲。西施本是越溪女,承恩不荐越溪人。

《全唐诗》卷五九二。

四怨三愁五情诗十二首·其二情

阿娇生汉宫,西施住南国。专房莫相妒,各自有颜色。

《全唐诗》卷五九二。

罗　虬

罗虬(？—881？),台州(今浙江临海)人。乾符六年(879)为台州刺史。

比红儿诗

其　八

匼匝千山与万山，碧桃花下景长闲。神仙得似红儿貌，应免刘郎忆世间。

其　九

越山重叠越溪斜，西子休怜解浣纱。得似红儿今日貌，肯教将去与夫差。

其六十一

暖塘争赴荡舟期，行唱菱歌著艳词。为问东山谢丞相，可能诸妓胜红儿。

《全唐诗》卷六六六。

崔道融

崔道融（？—907？），荆州（今湖北江陵）人。避唐末战乱，与母迁至永嘉隐居。昭宗时，出任永嘉县令。

西施滩

宰嚭亡吴国，西施陷恶名。浣纱春水急，似有不平声。

《全唐诗》卷七一四。

西　施

苎萝山下如花女，占得姑苏台上春。一笑不能忘敌国，五湖何处有功臣。

《全唐诗》卷七一四。

天台陈逸人

绝粒空山秋复春，欲看沧海化成尘。近抛三井更深去，不怕虎狼唯怕人。

《全唐诗》卷七一四，《天台前集》卷中。

雪窦禅师

雪窦峰前一派悬，雪窦五月无炎天。客尘半日洗欲尽，师到白头林下禅。

《全唐诗》卷七一四。

镜湖雪霁贻方干

天外晓岚和雪望，月中归棹带冰行。相逢半醉吟诗苦，应抵寒猿袅树声。

《全唐诗》卷七一四。

谢朱常侍寄贶蜀茶剡纸二首

瑟瑟香尘瑟瑟泉,惊风骤雨起炉烟。一瓯解却山中醉,便觉身轻欲上天。

百幅轻明雪未融,薛家凡纸漫深红。不应点染闲言语,留记将军盖世功。

《全唐诗》卷七一四。

献浙东柳大夫

属城甘雨几经春,圣主全分付越人。俗眼不知青琐贵,江头争看碧油新。

《全唐诗》卷七一四。

贯 休

贯休(832—912),婺州兰溪(今属浙江)人。咸通初(860)之前在家乡婺州,曾游处州,游镜湖访方干,乾符初(874)返居婺州,中和四年(884)返婺州至乾宁元年(894)。

古意九首(其七、其八)

常思谢康乐,文章有神力。是何清风清,凛然似相识。一种为顽嚚,得作翻经石。一种为枯槁,得作登山屐。永嘉为郡后，山水添鲜碧。何当学羽翰，一去观遗迹。

常思李太白，仙笔驱造化。玄宗致之七宝床，虎殿龙楼无不可。一朝力士脱靴后，玉上青蝇生一个。紫皇殿前五色麟，忽然掣断黄金锁。五湖大浪如银山，满船载酒挝鼓过。贺老成异物，颠狂谁敢和。宁知江边坟，不是犹醉卧。

《全唐诗》卷八二六。

循吏曲上王使君

需宿需宿，炳烂光合。蒸蒸婺民，钟此多福。自东自西，自南自北。伊飞伊走，乳乳良牧。和气无形，春光自成。大信不信，贻厥无朕。需女需女，尔亦须语。使君为理，玄风震古。需女需女，尔亦须语。我愿喙长三千里，枕著玉阶奏明主。

《全唐诗》卷八二七。王使君，王慥，乾符、广明间（879—880）为婺州刺史。

泊秋江

岸如洞庭山似剡，船漾清溪凉胜簟。月白风高不得眠，枯苇丛边钓师魇。

《全唐诗》卷八二七。

寒月送玄士入天台

之子逍遥尘世薄，格淡于云语如鹤。相见唯谈海上山，碧侧青斜冷相沓。芒鞋竹杖寒冻时,玉霄忽去非有期。僮担赤笼密雪里,世人无人留得之。想入红霞路深邃,孤峰纵啸仙飙起。星精聚观泣海鬼,月涌薄烟花点水。送君丁宁有深旨,好寻佛窟游银地。雪眉衲僧皆正气,伊昔贞白先生同此意。若得神圣之药,即莫忘远相寄。

《全唐诗》卷八二八,《天台集拾遗》。“好寻佛窟游银地”句下原注:“佛窟、银地,皆天台云境也。”

上卢使君

夔龙在庙堂,虽然有佥议。苍生得父母,自是天之意。鄱阳气候正,文物皆鲜媚。金镜有余光,春风少闲地。膺门倚寒碧,到者宁容易。宾从皆凤毛,爪牙悉猿臂。楼台千万户,锦绣龙歌沸。大惠虫鸟全,至严龙虎畏。可怜召伯树,婆娑不胜翠。诗搜日月华,道咽神仙味。嘉树白雀来,祥烟甘露坠。中川一带香,□开幽邃地。逸少情有余,东山境不啻。恭闻圣天子,廊庙犹虚位。应知黎庶心,只恐征书至。

《全唐诗》卷八二八。

和杨使君游赤松山

为郡三星无一事,龚黄意外扳乔松。日边扬历不争路,云外苔藓须留踪。溪月未落漏滴滴,隼旂已入山重重。扪萝盖输山屐伴,驻旆不见朝霞浓。乳猿剧黠挂险树,露木翠脆生诸峰。初平谢公道非远,黯然物外心相逢。石羊依稀龁瑶草，桃花仿佛开仙宫。终当归补吾君衮，好山好水那相容。

《全唐诗》卷八二八。杨使君，杨发，大中十二年（858）为婺州刺史。赤松山，在今浙江金华北。

闻前王使君在泽潞居

为善无近名，窃名者得声不如心，诚哉是言也。使君圣朝瑞，乾符初刺婺。德变人性灵，笔变人风土。烟霞与虫鸟，和气将美雨。千里与万里，各各来相附。信哉有良吏，玄谶应百数。古人古人自古人，今日又见民歌六七裤。不幸大寇崩腾来，孤城势孤固难锢。攀辕既不及，旌旆冲风露。大驾已西幸，飘零何处去。婺人空悲哀，对生祠泣沾莓苔。忽闻暂寄河之北，兵强四面无尘埃。唯祝銮舆早归来，用此咎繇仲虺才。使四野雾廓，八纮镜开。皇天无亲，长与善邻，宜哉宜哉。

《全唐诗》卷八二八。

送杨秀才

北山峨峨香拂拂，翠涨青奔势巉崒。赤松君宅在其中，紫金为墙珠作室。玻璃门外仙猰睡，幢节森森绛烟密。水精帘卷桃花开，文锦娉婷众非一。抚长离，坎答鼓。花姑吹箫，弄玉起舞。三万八千为半日，海涸鳌枯等闲睹。爱共安期棋，苦识彭祖祖。有时朝玉京，红云拥金虎。石桥亦是神仙住，白凤飞来又飞去。五云缥缈羽翼高，世人仰望心空劳。

《全唐诗》卷八二八。

别杜将军

伊余本是胡为者，采蕈锄茶在穷野。偶披蓑笠事空王，余力为文拟何谢。少年心在青云端，知音满地皆龙鸾。遽逢天步艰难日，深藏溪谷空长叹。偶出重围遇英哲，留我江楼经岁月。身隈玉帐香满衣，梦历金盆雨和雪。东风来兮歌式微，深云道人召来归。燕辞大厦兮将何为，濛濛花雨兮莺飞飞，一汀杨柳同依依。

《全唐诗》卷八二八。“梦历金盆雨和雪”句下原注：“金盆：金华山最高处。”

观怀素草书歌(节录)

……怀素师，怀素师，若不是星辰降瑞，即必是河岳孕灵。固宜须冷笑逸少，争得不心醉伯英。天台古杉一千尺，崖崩劀折何峥嵘。或细微，仙衣半拆金线垂。或妍媚，桃花半红公子醉。我恐山为墨兮磨海水，天与笔兮书大地，乃能略展狂僧意。……

《全唐诗》卷八二八。

送越将归会稽

面如玉盘身八尺，燕语清狞战袍窄。古岳龙腥一匣霜，江上相逢双眼碧。冉冉春光方婉娩，黯然别我归稽巘。他年必帅邯郸儿，与我杀轻班定远。

《全唐诗》卷八二八。

春山行

重叠太古色，濛濛花雨时。好峰行恐尽，流水语相随。黑壤生红黍，黄猿领白儿。因思石桥月，曾与故人期。

《全唐诗》卷八二九，《天台前集》卷下。

天台老僧

独住无人处，松龛岳色侵。僧中九十腊，云外一生心。白发垂不剃，青眸笑转深。犹能指孤月，为我暂开襟。

《全唐诗》卷八二九，《天台前集》卷下。

寄天台道友

大是清虚地，高吟到日晡。水声金磬乱，云片玉盘粗。仙有遗踪在，人还得意无。石碑文不直，壁画色多枯。冷立千年鹤，闲烧六一炉。松枝垂似物，山势秀难图。紫府程非远，清溪径不迂。馨香柏上露，皎洁水中珠。贤圣无他术，圆融只在吾。寄言桐柏子，珍重保之乎。

《全唐诗》卷八二九。

怀四明亮公

孤峰含紫烟，师住此安禅。不下便不下，如斯太可怜。坐侵天井黑，吟久海霞蔫。岂觉尘埃里，干戈已十年。

《全唐诗》卷八二九。

秋过钱塘江

巨浸东隅极，山吞大野平。因知吴相恨，不尽海涛声。黑气腾蛟窟，秋云入战城。游人千万里，过此白髭生。

《全唐诗》卷八二九。

赠方干

盛名与高隐，合近谢敷村。弟子已得桂，先生犹灌园。垂纶侵海介，拾句历云根。白日升天路，如君别有门。

《全唐诗》卷八二九。诗当为清越所作。

题友人山居

卜居邻坞寺，魂梦又相关。鹤本如云白，君初似我闲。月明僧渡水，木落火连山。从此天台约，来兹未得还。

《全唐诗》卷八二九。

送僧游天台

囊空心亦空，城郭去腾腾。眼作么是眼，僧谁识此僧。欹隈红树久，笑看白云崩。已有天台约，深秋必共登。

《全唐诗》卷八二九，《天台集拾遗》。

秋居寄王相公三首(其三)

气与非常合，常人争得知。直须穷到底，始是出家儿。阁雀衔红粟，邻僧背古碑。只应王与谢，时有沃州期。

《全唐诗》卷八二九。

寒食郊外

寒食将吾族，相随过石溪。家花沾酒落，林鸟学人啼。白水穿芜疾，新霞出雾低。不堪回首望，家在赤松西。

《全唐诗》卷八三〇。赤松，即赤松山。

送道士归天台

道高留不住，道去更何云。举世皆趋世，如君始爱君。径侵银地滑，瀑到石城闻。它日如相忆，金桃一为分。

《全唐诗》卷八三〇，《天台前集》卷下。

秋夜玩月怀玉霄道士

光异磨砻出，轮非雕斫成。今宵刚道别，举世勿人争。征妇砧添怨，诗人哭到明。惟宜华顶叟，笙磬有余声。

《全唐诗》卷八三〇，《天台集拾遗》。

桐江闲居作十二首（其一）

木落雨翛翛，桐江古岸头。拟归仙掌去，刚被谢公留。猛烧侵茶坞，残霞照角楼。坐来还有意，流水面前流。

《全唐诗》卷八三〇。仙掌，为婺州山峰。

题灵溪畅公墅

境清僧格冷，新斩古林开。旧隐还如此，令人来又来。岚飞粘似雾，茶好碧于苔。但使心清净，从渠岁月催。

《全唐诗》卷八三〇。

寄赤松舒道士二首

不见高人久，空令鄙吝多。遥思青嶂下，无那白云何。子爱寒山子，歌惟乐道歌。会应陪太守，一日到烟萝。
余亦如君也，诗魔不敢魔。一餐兼午睡，万事不如他。雨阵冲溪月，蛛丝罥砌莎。近知山果熟，还拟寄来么。

《全唐诗》卷八三〇。

闻赤松舒道士下世

地变贤人丧,疮痍不可观。一闻消息苦,千种破除难。阴鹭那虚掷,深山近始安。玄关评兔角,玉器琢鸡冠。傲野高难狎,融怡美不殚。冀迎新渥泽,遽逐逝波澜。蜕壳埋金隧,飞精驾锦鸾。倾摧千仞壁,枯歇一株兰。仙庙诗虽继,苔墙篆必鞔。烟霞成片黯,松桂著行干。影拄溪流咽,堂扃隙月寒。寂寥遗药犬,缥缈想琼竿。伊昔相寻远,留连几尽欢。论诗花作席,炙菌叶为盘。彭伉心相似,承祯趣一般。琴弹溪月侧,棋次砌云残。倏忽成千古,飘零见百端。荆襄春浩浩,吴越浪漫漫。已矣红霞子,空留白石坛。无弦亦须绝,回首一长叹。

《全唐诗》卷八三〇。诗题下原注:"东阳未乱前相别。"

喜不思上人来

沃州那不住,一别许多时。几度怀君夜,相逢出梦迟。瓶担千丈瀑,偈是七言诗。若向罗浮去,伊余亦愿随。

《全唐诗》卷八三一。

秋怀赤松道士

仙观在云端,相思星斗寒。常怜呼鹤易,却恨见君难。石罅青蛇湿,风梩白菌干。终期花月下,坛上听君弹。

《全唐诗》卷八三一。

赠信安郑道人

貌古似苍鹤,心清如鼎湖。仍闻得新义,便欲注阴符。点化金常有,闲行影渐无。杳兮中便是,应不食菖蒲。

《全唐诗》卷八三一。

秋末入匡山船行八首(其二)

芦苇深花里,渔歌一曲长。人心虽忆越,帆态似浮湘。石獭衔鱼白,汀茅浸浪黄。等闲千万里,道在亦无妨。

《全唐诗》卷八三一。

送友人及第后归台州

得桂为边辟,翩翩颇合宜。嫖姚留不住,昼锦已归迟。岛侧花藏虎,湖心浪撼棋。终期华顶下,共礼渌身师。

《全唐诗》卷八三一,《天台前集》卷下。诗末原注:"天台石桥有白道猷坐化身渌也。"

和韦相公话婺州陈事

昔事堪惆怅,谈玄爱白牛。千场花下醉,一片梦中游。耕避初平石,烧残沈约楼。无因更重到,且副济川舟。

《全唐诗》卷八三一。

题淮南惠照寺律师院

仪冠凝寒玉，端居似沃州。学徒梧有凤，律藏目无牛。茗滑香粘齿，钟清雪滴楼。还须结西社，来往悉诸侯。

《全唐诗》卷八三二。

避寇入银山

草草穿银峡，崎岖路未谙。傍山为店戍，永日绕溪潭。烧地生芚蕨，人家煮伪蚕。翻如归旧隐，步步入烟岚。

《全唐诗》卷八三二。银山，绍兴东、德清西均有银山。录以备考。

避地毗陵上王慥使君

至理至昭昭，心通即不遥。圣威无远近，吾道太孤标。辛苦苏氓俗，端贞答盛朝。气高吞海岳，贫甚似渔樵。庾亮风流澹，刘宽政事超。清须遭贵遇，隐已被谁招。栗坞修禅寺，仙香寄石桥。风雷巡稼穑，鱼鸟合歌谣。视事私终杀，忧民态亦凋。道高无不及，恩甚固难消。大寇山难隔，孤城数合烧。烽烟终日起，汤沐用心燋。勇义排千阵，诛锄拟一朝。誓盟违日月，旌旆过寒潮。古驿江云入，荒宫海雨飘。仙松添瘦碧，天骥减丰膘。似在陈兼卫，终为宋与姚。已观云似鹿，即报首皆枭。尽愿回清镜，重希在此条。应怜千万户，祷祝向唐尧。

《全唐诗》卷八三二。诗题下原注:“时黄贼陷东阳,公避地于浙右。”

送友生入越投知己

才大终难住,东浮景渐暄。知将刖足恨,去击李膺门。宿雾开花坞,春潮入苎村。预思秋荐后,一鹗出乾坤。

《全唐诗》卷八三二。

秋夜作因怀天台道者

万事何须问,良时即此时。高秋半夜雨,落叶满前池。静怕龙神识,贫从草木欺。平生无限事,只有道人知。

《全唐诗》卷八三二。

酬杜使君见寄

轧轧复轧轧,更深门未关。心疼无所得,诗债若为还。露洒一鹤睡,钟余万象闲。惭将此时意,明日寄东山。

《全唐诗》卷八三二。

送僧归天台寺

天台四绝寺,归去见师真。莫折枸杞叶,令他十得嗔。天空闻圣磬,瀑细落花巾。必若云中老,他时得有邻。

《全唐诗》卷八三二,《天台集拾遗》。诗末原注:"天台国清寺有拾得花巾,即波罗巾也。"

送僧归剡山

远逃为乱处,寺与石城连。木落归山路,人初刈剡田。荒林猴咬栗,战地鬼多年。好去楞伽子,精修莫偶然。

《全唐诗》卷八三三。

送僧入五泄

五泄江山寺,禅林境最奇。九年吃菜粥,此事少人知。山响僧担谷,林香豹乳儿。伊余头已白,不去更何之。

《全唐诗》卷八三三。五泄,在今浙江诸暨。

寄四明闾丘道士二首

淮海兵荒日,分飞直至今。知担诸子出,却入四明深。衣必编仙草,僧应共栗林。秋风溪上路,应得一相寻。

三千功未了,大道本无程。好共禅师好,常将药犬行。石门红藓剥,柘坞白云生。莫认无名是,无名已是名。

《全唐诗》卷八三三。

士马后见赤松舒道士

满眼尽疮痍,相逢相对悲。乱阶犹未已,一柱若为支。堰茗蒸红枣，看花似好时。不知今日后，吾道竟何之。

《全唐诗》卷八三三。

怀赤松故舒道士

可惜复可惜，如今何所之。信来堪大恸，余复用生为。乱世今交斗，玄宫玉柱隳。春风五陵道，回首不胜悲。

《全唐诗》卷八三三。

故林偶作

朗吟无一事，孤坐瀔江濆。媚世非吾道，良图有白云。蠹鱼开卷落，啄木隔花闻。唯寄壶中客，金丹许共分。

《全唐诗》卷八三三。瀔江，即衢江。

秋送夏郢归钱塘

归客指吴国，风帆几日程。新诗陶雪字，玄发有霜茎。微月生沧海，残涛傍石城。从兹江岛意，应续子陵名。

《全唐诗》卷八三三。

秋晚野步

闲步不觉远，萧萧木落初。诗情抛阓阈，江影动襟裾。阁北鸿行出，霞西雨脚疏。金峰秋更好，乞取又何如。

《全唐诗》卷八三四。金峰,当指金华山。

寄庐山大愿和尚

石上桂成丛,师庵在桂中。皆云习凿齿,未可扣真风。雪洗香炉碧,霞藏瀑布红。何时甘露偈,一寄剡山东。

《全唐诗》卷八三四。

春晚访镜湖方干

幽居湖北滨,相访值残春。路远诸峰雨,时多擉鳖人。蒸花初酿酒,渔艇劣容身。莫讶频来此,伊余亦隐沦。

《全唐诗》卷八三四。

对雪寄新定冯使君二首(其一)

仙掌空思归未能,焚香冥目对残灯。岂知瑞雪千山合,空觉春寒半夜增。翳月素云埋粉堞,堆巢孤鹤下金绳。因思太守忧民切,吟对琼枝喜不胜。

《全唐诗》卷八三五。

避寇游成福山院

成福僧留不拟归,猕猴菌嫩豆苗肌。那堪蚕月偏多雨,况复衢城未解围。翠拥槿篱泉乱入,云开花岛雉双飞。堪嗟大似悠悠者,只向诗中话息机。

《全唐诗》卷八三五。衢城,衢州城。

归东阳临岐上杜使君七首

小谢清高大谢才,圣君令泰此方来。一从到后常无事,铃阁公庭满绿苔。
红锦帐中歌白雪,乌皮几畔抚青英。不知何物为心地,赛却澄江彻底清。
谁报田中有黑虫,一家斋戒减仙容。分忧若也皆如此,天下家家有剩舂。
忧民心切出冲炎,禾稼如云喜气兼。林下闲人亦何幸,也随旌旆到银尖。
方恐狱中桃树出,忽闻枯木却生烟。褚祥为郡曾如此,却恐当时是偶然。
枯骨纵横遍水湄,尽收为冢碧参差。分明为报精灵辈,好送旌旗到凤池。
舍鲁依刘一片云,好风吹去远纤尘。犹期明月清风夜,来作西园第八人。

《全唐诗》卷八三五。

怀邻叟

常思东溪庞眉翁,是非不解两颊红。桔槔打水声嘎嘎,紫芋白薤肥濛濛。鸥鸭静游深竹里,儿孙多在好花中。千门万户皆车马，谁爱如斯太古风。

《全唐诗》卷八三六。东溪，东阳江。

瀫江秋居作

无事相关性自摅，庭前拾叶等闲书。青山万里竟不足，好竹数竿凉有余。近看老经加澹泊，欲归少室复何如。面前小沼清如镜，终养琴高赤鲤鱼。

《全唐诗》卷八三六。

上缙云段使君

清畏人知人尽知，缙云三载得宣尼。活民刀尺虽无象，出世文章岂有师。术气芝香粘瓮榼，云痕翠点满旌旗。今朝暂到金台上，颇觉心如太古时。

《全唐诗》卷八三六。缙云，指代处州。段使君，段成式，大中九年至十年（855—856）为处州刺史。

春末兰溪道中作

山花零落红与绯，汀烟濛茸江水肥。人担犁锄细雨歇，路入桑柘斜阳微。深喜东州云寇去，不知西狩几时归。清平时节何时是，转觉人心与道违。

《全唐诗》卷八三六。“深喜东州云寇去”句下原注：“时黄连洞人出，烧劫处州却上。”

题兰江言上人院二首

一生只著一麻衣，道业还欺习彦威。手把新诗说山梦，石桥天柱雪霏霏。

只是危吟坐翠层，门前岐路自崩腾。青云名士时相访，茶煮西峰瀑布冰。

《全唐诗》卷八三六。兰江，即兰溪。

东阳罹乱后怀王慥使君五首

昨来只对汉诸侯，胜事消磨不自由。裂地鼓鼙军□急，连天烽火阵云秋。砍毛淬剑虽无数，歃血为盟不到头。谁为今朝奉明主，使君司户在隋州。

只报精兵过大河，东西南北杀人多。可怜白日浑如此，来似蝗虫争奈何。天意岂应容版乱，人心都改太凋讹。不胜惆怅还惆怅，一曲东风月胯歌。

为郡无如王使君，一家清冷似云根。货财不入崔洪口，俎豆尝闻夫子言。须发坐成三载雪，黎氓空负二天恩。不堪西望西风起，纵火昆仑谁为论。

魄慑魂飞骨亦销，此魂此魄亦难招。黄金白玉家家尽，绣闼雕甍处处烧。惊动乾坤常黯惨，深藏山岳亦倾摇。恭闻国有英雄将，拟把何心答圣朝。

不是龚黄覆育才，即须清苦远尘埃。无人与奏吾皇去，致乱唯因酷吏来。刳剥生灵为事业，巧通豪潜作梯媒。令人转忆王夫子，一片真风去不回。

《全唐诗》卷八三六。

避地毗陵寒月上孙徽使君兼寄东阳王使君三首(其二)

常忆双溪八咏前,讲诗论道接清贤。文欺白凤真难及,药撚红蕖岂偶然。花湿瑞烟粘玉磬,帘垂幽鸟啄苔钱。自怜不是悠悠者,吟嚼真风二十年。

《全唐诗》卷八三六。双溪,即东阳江,在今浙江金华。八咏,指沈约八咏楼。

招友人宿

银地无尘金菊开,紫梨红枣堕莓苔。一泓秋水一轮月,今夜故人来不来。

《全唐诗》卷八三六,《天台前集》卷下。

山居诗二十四首(其二十、其二十四)

自休自已自安排,常愿居山事偶谐。僧采树衣临绝壑,狖争山果落空阶。闲担茶器缘青障,静衲禅袍坐绿崖。虚作新诗反招隐,出来多与此心乖。

支公放鹤情相似,范泰论交趣不同。有念尽为烦恼相,无私方称水晶宫。香焚薝卜诸峰晓,珠掐金刚万境空。若买山资言不及,恒河沙劫用无穷。

《全唐诗》卷八三七。"僧采树衣临绝壑"句下原注:"金华山出树衣,僧多采为蔬菜,味极美也。"

陪冯使君游六首·锦沙墩

临水登山兴自奇，锦沙墩上最多时。虽云发白孤峰好，其奈名清圣主知。草媚莲塘资逸步，云生松壑有新诗。翛然别是神仙趣，岂羡东山妓乐随。

《全唐诗》卷八三七。

感怀寄卢给事二首(其一)

绵绵远念近来多，喜鹊随函到绿萝。虽匪二贤曾入洛，忽惊六义减沉疴。童扳邻杏隳墙瓦，燕啄花泥落砌莎。好更因人寄消息，沃州归去已蹉跎。

《全唐诗》卷八三七。

贺郑使君

三衢蜂虿陷城池，八咏龙韬整武貔。才谕危亡书半幅，便思父母泪双垂。戈收甲束投仁境，汗浃魂飘拜虎旗。死地再生知德重，精兵连辙觉山移。人和美叶祯祥出，阵善深为典教推。仗信输诚方始是，执俘折馘欲何为。清威严令无纤壒，长路深山不拾遗。七邑恩波歌浩渺，一方云物自鲜奇。天文仰视同诸掌，剑术无前更数谁。战马闲眠汀草远，秋鼙干揭岳霞隳。义为土地精灵伏，仁作金汤铁石卑。龚遂刘宽同煦妪，张飞关羽太驱驰。笙歌席上偏怜客，刀剑林中亦念诗。縠渚美为长饮水，金山高作受降碑。时犹草草秋方尽，陈是堂堂孰敢窥。宠渥岂唯分节钺，勋庸须勒上钟彝。神资天赞谁堪比，名遂功成自不知。卷箔倚阑云欲雪，拥垆倾榼酒如饴。扶尧社稷常忧老，到郭汾阳亦未迟。释子沾恩无以报，只将葑菲贺阶墀。

《全唐诗》卷八三七。郑使君，郑镒，乾符中任婺州刺史。

送郑使君

刺婺廉闽动帝台，唯将清净作梯媒。绿沉枪卓妖星落，白玉壶澄苦雾开。仁爱久悬溪上月，恩光又发岭头梅。天资刘邵龚黄笔，神助韩彭卫霍才。古驿剑江分掩映，画旗花舫下喧豗。凤麟帘幕芙蓉坼，洞壑清威霹雳来。礼乐封疆添礼乐，尘埃时节勿尘埃。荔支花下驱千骑，薝卜林中礼万回。视事蛮奴磨玉砚，邀宾海月射金杯。讴歌合合千门乐，鼙角雄雄一阁雷。君父恩深头早白，子孙荣袭日难陪。东阳缁素如何好，空向生祠祝上台。

《全唐诗》卷八三七。

赠杨公杜之舅

分尽君忧一不遗，凤书征入万民悲。风云终日如相逐，雨露前程即可知。画舸还盛江革石，秋山又看谢安棋。谈谐尽是经邦术，头角由来出世姿。天地事须归橐籥，文章谁得到罘罳。扣舷傍岛清吟健，问俗看渔晚泊迟。霞影满江摇枕簟，乌行和月下涟漪。周秦汉魏书书在，麟凤龟龙步步随。金殿恩波将浩浩，圭峰意绪谩孜孜。郡中条令春常在，境外歌谣美更奇。道者药垆留要妙，林僧禅偈寄相思。王杨卢骆真何者，房杜萧张更是谁。应念衢民千万户，家家皆置一生祠。

《全唐诗》卷八三七。杨公，疑为杨发，大中十二年(858)为衢州刺史。杜之舅，原当为题下注，而误入正文。

游金华山禅院

兹地曾栖菩萨僧，旃檀楼殿瀑崩腾。因知境胜终难到，问著人来悉不曾。斜谷暗藏千载雪，薄岚常翳一龛灯。多惭不及当时海，又下嵯峨一万层。

《全唐诗》卷八三七。

寄郑道士二首

常忆苏耽好羽仪，信安山观住多时。不知玉质双栖处，两个仙人是阿谁。

谁带金轮髻里珠，何妨相逐去清都。旧山大有闲田地，五色香茆有子无。

《全唐诗》卷八三七。

曹娥碑

高碑说尔孝应难，弹指端思白浪间。堪叹行人不回首，前山应是苎萝山。

《全唐诗》卷八三七。苎萝山,在今浙江诸暨南。

宿赤松山观题道人水阁兼寄郡守

珠殿香軿倚翠棱,寒栖吾道寄孙登。岂应肘后终无分,见说仙中亦有僧。云敛石泉飞险窦,月明山鼠下枯藤。还如华顶清谈夜,因有新诗寄郑弘。

《全唐诗》卷八三七。

别卢使君归东阳二首

雨气濛濛草满庭,式微吟剧更谁听。诗逢匠化唯贪住,日觉恩深不易铭。心苦只应消鬓黑,梦游频入倚天青。从兹还似归回首,唯祝台星与福星。

家在严陵钓渚旁,细涟嘉树拂窗凉。难医林薮烟霞癖,又出芝兰父母乡。孤帆好风千里暖,深花黄鸟一声长。终期金鼎调羹日,再近尼丘日月光。

《全唐诗》卷八三七。

寄题诠律师院

锦溪光里耸楼台,师院高凌积翠开。深竹杪闻残磬尽,一茶中见数帆来。焚香只是看新律,幽步犹疑损绿苔。莫讶题诗又东去,石房清冷在天台。

《全唐诗》卷八三七,《天台集拾遗》。

寄天台叶道士

负局高风不可陪,玉霄峰北置楼台。注参同契未将出,寻櫛栗僧多宿来。飕槭松风山枣落,间关溪鸟术花开。终须肘后相传好,莫便乘鸾去不回。

《全唐诗》卷八三七,《天台集拾遗》。

送道友归天台

薜浓苔湿冷层层,珍重先生独去登。气养三田传未得,药非八石许还曾。云根应狎玉斧子,月径多寻银地僧。太守苦留终不住,可怜江上去腾腾。

《全唐诗》卷八三七,《天台前集》卷下。

过商山

吟缘横翠忆天台,啸狖啼猿见尽情。四个老人何处去,一声仙鹤过溪来。皇城宫阙回头尽,紫阁烟霞为我开。天际峰峰尽堪住,红寺中去大悠哉。

《全唐诗》卷八八八。

咏雁山十八寺

本觉凌云到宝冠,能仁古塔上飞泉。普门罗汉石门里,瑞鹿苹产天柱边。古洞灵峰真济并,灵岩霞嶂净名连。石梁不与双峰远,十八精蓝绕雁颠。

《增订注释全唐诗》卷八三二引陈耀东《全唐诗拾遗》(续)引《乐清县志》。雁山,即雁荡山,在温州乐清。

谬独一

谬独一(生卒年不详),常州(今属江苏)人。处士,唐末时在世,与贯休为友。

句

思牵吴岫起,吟索剡云开。

《全唐诗补编·续拾》卷三三,贯休《禅月集》卷十《怀诸葛珏二首》"谬独哭不错"句自注引。

处　默

处默(生卒年不详),唐末诗僧,约为金华(今属浙江)人。约生于文宗(827—840)时,幼出家于兰溪某寺,与安国寺贯休为邻。约卒于唐末梁初。

圣果寺

路自中峰上,盘回出薜萝。到江吴地尽,隔岸越山多。古木丛青霭,遥天浸白波。下方城郭近,钟磬杂笙歌。

《全唐诗》卷八四九。

李昭象

李昭象(生卒年不详),江陵(今湖北江陵)人。李方玄子。广明(880—881)后,筑室隐居于碧云峰下。龙纪元年(889)尚在世。

学仙词寄顾云

记得初传九转方,碧云峰下祝虚皇。丹砂未熟心徒切,白日难留鬓欲苍。无路洞天寻穆满,有时人世美刘郎。仙人恩重何由报,焚尽星坛午夜香。

《全唐诗》卷六八九。

修　睦

修睦(？—918),昭宗光化间(898—901)庐山僧正,与贯休等为诗友。

题僧梦微房

东海日未出,九衢人已行。吾师无事坐,苔藓入门生。雨过闲花落，风来古木声。天台频说法，石壁欠题名。

《全唐诗》卷八四九。

岳上作

始好步青苔，蝉声且莫催。辛勤来到此，容易便言回。远水月未上，四方云正开。更堪逢道侣，特地话天台。

《全唐诗》卷八八八。

罗　隐

罗隐（833—910），新城（今浙江富阳）人。幼年曾在东阳读书，868年秋，赴会稽干谒浙东观察使王沨。光启三年（887）游明州。景福元年（892）游处州。

寄杨秘书

湖水平来见鲤鱼，偶因烹处得琼琚。披寻藻思千重后，吟想冰光万里余。漳浦病来情转薄，赤城吟苦意何如。锦衣公子怜君在，十载兵戈从板舆。

《全唐诗》卷六五五，《天台前集》卷下。

往年进士赵能卿尝话金庭胜事见示叙

会稽诗客赵能卿，往岁相逢话石城。正恨故人无上寿，喜闻良宰有高情。山朝佐命层层耸，水接飞流步步清。两火一刀罹乱后，会须乘兴雪中行。

《全唐诗》卷六五五，《天台前集》卷下。

寄右省王谏议

耳边要静不得静，心里欲闲终未闲。自是宿缘应有累，可能时事更相关。鱼惭张翰辞东府，鹤怨周颙负北山。看却金庭芝术老，又驱车入七人班。

《全唐诗》卷六五五，《天台前集》卷下。

春晚寄钟尚书

宰府初开忝末尘，四年谈笑隔通津。官资肯便矜中路，酒盏还应忆故人。江畔旧游秦望月，槛前公事镜湖春。如今莫问西禅坞，一炷寒香老病身。

《全唐诗》卷六五五，《会稽掇英总集》卷一二。

孙员外赴阙后重到三衢

远山高枝思悠哉，重倚危楼尽一杯。谢守已随征诏入，鲁儒犹逐断蓬来。地寒谩忆移暄手，时急方须济世才。宣室夜阑如有问，可能全忘未然灰。

《全唐诗》卷六五六。三衢，即衢州，境内有三衢山。

西　施

家国兴亡自有时，吴人何苦怨西施。西施若解倾吴国，越国亡来又是谁。

《全唐诗》卷六五六。

寄三衢孙员外

小敷文伯见何时，南望三衢渴复饥。天子未能崇典诰，诸生徒欲恋旌旗。风高绿野苗千顷，露冷平楼酒满卮。尽是数旬陪奉处，使君争肯不相思。

《全唐诗》卷六五七。

钱塘江潮

怒声汹汹势悠悠，罗刹江边地欲浮。漫道往来存大信，也知反覆向平流。任抛巨浸疑无底，猛过西陵只有头。至竟朝昏谁主掌，好骑赪鲤问阳侯。

《全唐诗》卷六五八。

送进士臧溃下第后归池州

赋成无处换黄金，却向春风动越吟。天子爱才虽仄席，诸生多病又沾襟。柳攀灞岸狂遮袂，水忆池阳渌满心。珍重彩衣归正好，莫将闲事系升沉。

《全唐诗》卷六五八。

闲居早秋

槐杪清蝉烟雨余，萧萧凉叶堕衣裾。噪槎乌散沉苍岭，弄杵风高上碧虚。百岁梦生悲蛱蝶，一朝香死泣芙蕖。六宫谁买相如赋，团扇恩情日日疏。

《全唐诗》卷六五八。

秋日泊平望驿寄太常裴郎中

蘋洲重到杳难期，西倚邮亭忆往时。北海尊中常有酒，东阳楼上岂无诗。地清每负生灵望，官重方升礼乐司。闻说江南旧歌曲，至今犹自唱吴姬。

《全唐诗》卷六五八。

三衢哭孙员外

燕恋雕梁马恋轩，此心从此更何言。直将尘外三生命，未敌君侯一日恩。红蜡有时还入梦，片帆何处独销魂。忍看明发衣襟上，珠泪痕中见酒痕。

《全唐诗》卷六五八。

寄窦泽处士二首(其一)

兰亭醉客旧知闻，欲问平安隔海云。不是金陵钱太尉，世间谁肯更容身。

《全唐诗》卷六五八。

题方干诗

中间李建州,夏汭偶同游。顾我论佳句,推君最上流。九霄无鹤板,双鬓老渔舟。世难方如此,何当浣旅愁。

《全唐诗》卷六五九。

旅　梦

旅梦思迁次,穷愁有叹嗟。子鹅京口远,粳米会稽赊。漏涩才成滴,灯寒不作花。出门聊一望,蟾桂向人斜。

《全唐诗》卷六五九。

初夏寄顾绍宗

江上偶分袂,四回寒暑更。青山无路入,白发满头生。郢浦雁寻过,镜湖蝉又鸣。怜君未归日,杯酒若为情。

《全唐诗》卷六五九。

题玄同先生草堂三首(其二)

先生诀行日,曾奉数行书。意密寻难会,情深恨有余。石桥春暖后,句漏药成初。珍重云兼鹤,从来不定居。

《全唐诗》卷六六〇。

雪中怀友人

腊酒复腊雪，故人今越乡。所思谁把盏，端坐恨无航。兔苑旧游尽，龟台仙路长。未知邹孟子，何以奉梁王。

《全唐诗》卷六六一。

秋 晚

宰邑惭良术，为文愧壮图。纵饶长委命，争奈渐非夫。杯酒有时有，乱罹无处无。金庭在何域，回首一踟蹰。

《全唐诗》卷六六一。金庭，可能泛指仙境，罗隐常居会稽，金庭亦可能指剡县之金庭观。

咏 史

蠹简遗编试一寻，寂寥前事似如今。徐陵笔砚珊瑚架，赵胜宾朋玳瑁簪。未必片言资国计，只应邪说动人心。九原郝沘何由起，虚误西蕃八尺金。

《全唐诗》卷六六二。存疑。

奉使宛陵别二三从事

梁王雪里有深知，偶别家乡隔路岐。官品共传胜曩日，酒杯争肯忍当时。豫章地暖矜千尺,越峤天寒愧一枝。还有钓鱼蓑笠在,不堪风雨失归期。

《全唐诗》卷六六三。

送裴饶归会稽

金庭路指剡川隈,珍重良朋自此来。两鬓不堪悲岁月,一卮犹得话尘埃。家通曩分心空在,世逼横流眼未开。笑杀山阴雪中客,等闲乘兴又须回。

《全唐诗》卷六六三,《会稽掇英总集》卷一〇。

寄崔庆孙

故人何处又留连,月冷风高镜水边。文阵解围才昨日,醉乡分袂已三年。交情澹泊应长在,俗态流离且勉旃。还拟山阴一乘兴,雪寒难得渡江船。

《全唐诗》卷六六三。

寄杨秘书

萧萧檐雪打窗声,因忆江东阮步兵。两信海潮书不达,数峰稽岭眼长明。梅繁几处垂鞭看,酒好何人倚槛倾。会待与君开秫瓮,满船般载镜中行。

《全唐诗》卷六六三。

秦望山僧院

巉巉危岫倚沧洲，闻说秦皇亦此游。霸主卷衣才二世，老僧传锡已千秋。阴崖水赖松梢直，藓壁苔侵画像愁。各是病来俱未了，莫将烦恼问汤休。

《全唐诗》卷六六三，《会稽掇英总集》卷八。

送程尊师东游有寄

华盖峰前拟卜耕，主人无奈又闲行。且凭鹤驾寻沧海，又恐犀轩过赤城。绛简便应朝右弼，紫旄兼合见东卿。劝君莫忘归时节，芝似萤光处处生。

《全唐诗》卷六六三，《天台前集》卷下。

钱唐见芮逢

蔡伦池北雁峰前，罹乱相兼十九年。所喜故人犹会面，不堪良牧已重泉。醉思把箸欹歌席，狂忆判身入酒船。今日与君赢得在，戴家湾里两皤然。

《全唐诗》卷六六三。诗之戴家湾在钱唐县，不在浙东。存疑。

送𧦬光大师

禹祠分首戴湾逢，健笔寻知达九重。圣主赐衣怜绝艺，侍臣摛藻许高踪。宁亲久别街西寺，待诏初离海上峰。一种苦心师得了，不须回首笑龙钟。

《全唐诗》卷六六三。诗题下原注：“师以草书应制。”

重过三衢哭孙员外

烂柯山下忍重到，双桧楼前日欲残。华屋未移春照灼，故侯何在泪汍澜。不唯济物工夫大，长忆容才尺度宽。一恸旁人莫相笑，知音衰尽路行难。

《全唐诗》卷六六四。

江南行

江烟湿雨蛟绡软，漠漠小山眉黛浅。水国多愁又有情，夜槽压酒银船满。细丝摇柳凝晓空，吴王台榭春梦中。鸳鸯瀏鶒唤不起，平铺绿水眠东风。西陵路边月悄悄，油碧轻车苏小小。

《全唐诗》卷六六五。

投浙东王大夫二十韵

越岭千峰秀，淮流一派长。暂凭开物手，来展济时方。旧迹兰亭在，高风桂树香。地清无等级，天阔任徊翔。麈尾谈何胜，螭头笔更狂。直曾批凤诏，高已冠鹓行。啸傲辞民部，雍容出帝乡。赵尧推印绶，句践与封疆。水占仙人吹，城留御史床。嘉宾邹润甫，百姓贺知章。席暖飞鹦鹉，尘轻驻骕骦。夜歌珠断续,晴舞雪悠扬。化向棠阴布,春随棣萼芳。盛名韬不得,雄略晦弥彰。自愧三冬学,来窥数仞墙。感深惟刻骨,时去欲沾裳。想望鱼烧尾,咨嗟鼠啮肠。可能因蹇拙,便合老沧浪。题柱心犹壮,移山志不忘。深惭百般病,今日问医王。

《全唐诗》卷六六五。

寄剡县主簿

金庭养真地,珠篆会稽官。境胜堪长往,时危喜暂安。洞连沧海阔,山拥赤城寒。他日抛尘土,因君拟炼丹。

《全唐诗》卷六六五,《天台前集别编》。

徐　夤

徐夤(生卒年不详),一作徐寅,莆田(今属福建)人。乾宁元年(894)进士。

赠董先生

寿岁过于百,时闲到上京。餐松双鬓嫩,绝粒四支轻。雨雪思中岳,云霞梦赤城。来年期寿箓,何处待先生。

《全唐诗》卷七〇八。

回文诗二首（其二）

轻帆数点千峰碧，水接云山四望遥。晴日海霞红霭霭，晓天江树绿迢迢。清波石眼泉当槛，小径松门寺对桥。明月钓舟渔浦远，倾山雪浪暗随潮。

《全唐诗》卷七〇八。

退　居

鹤性松心合在山，五侯门馆怯趋攀。三年卧病不能免，一日受恩方得还。明月送人沿驿路，白云随马入柴关。笑他范蠡贪婪甚，相罢金多始退闲。

《全唐诗》卷七〇八。

依韵和尚书再赠牡丹花

烂银基地薄红妆，羞杀千花百卉芳。紫陌昔曾游寺看，朱门今在绕栏望。龙分夜雨资娇态，天与春风发好香。多著黄金何处买，轻桡挑过镜湖光。

《全唐诗》卷七〇八。

画　松

涧底阴森验笔精，笔闲开展觉神清。曾当月照还无影，若许风吹合有声。枝偃只应玄鹤识，根深且与茯苓生。天台道士频来见,说似株株倚赤城。

《全唐诗》卷七〇八。

竹

翠染琅玕粉渐开,东南移得会稽栽。游丝挂处渔竿去,绿水夹时龙影来。风触有声含六律,露沾如洗绝浮埃。王猷旧宅无人到,抱却清阴盖绿苔。

《全唐诗》卷七〇八。

山阴故事

坦腹夫君不可逢,千年犹在播英风。红鹅化鹤青天远,彩笔成龙绿水空。爱竹只应怜直节,书裙多是为奇童。吹笙缑岭登山后,东注清流岂有穷。

《全唐诗》卷七〇九。

山寺寓居

高卧东林最上方,水声山翠剔愁肠。白云送雨笼僧阁,黄叶随风入客堂。终去四明成大道,暂从双鬓许秋霜。披缁学佛应无分,鹤氅谈空亦不妨。

《全唐诗》卷七〇九。

寄天台陈希畋

阴山冰冻尝迎夏，蛰户云雷只待春。吕望岂嫌垂钓老，西施不恨浣纱贫。坐为羽猎车中相，飞作君王掌上身。拍手相思惟大笑，我曹宁比等闲人。

《全唐诗》卷七〇九。

寄两浙罗书记

进即湮沉退却升，钱塘风月过金陵。鸿才入贡无人换，白首从军有诏征。博簿集成时辈骂，谗书编就薄徒憎。怜君道在名长在，不到慈恩最上层。

《全唐诗》卷七〇九。

咏笔二首(其二)

君子三归擅一名，秋毫虽细握非轻。军书羽檄教谁录，帝命王言待我成。势健岂饶淝水阵，锋铦还学历山耕。毛干时有何人润，尽把烧焚恨始平。

《全唐诗》卷七一〇。历山，一说在今山东历城南。存疑。

苔

印留麋鹿野禽踪，岩壁渔矶几处逢。金谷晓凝花影重，章华春映柳阴浓。石桥羽客遗前迹，陈阁才人没旧容。归去扫除阶砌下，藓痕残绿一重重。

《全唐诗》卷七一〇。

尚书命题瓦砚

远向端溪得，皆因郢匠成。凿山青霭断，琢石紫花轻。散墨松香起，濡毫藻句清。入台知价重，著匣恐尘生。守黑还全器，临池早著名。春闱携就处，军幕载将行。不独雄文阵，兼能助笔耕。莫嫌涓滴润，深染古今情。洗处无瑕玷，添时识满盈。兰亭如见用，敲戛有金声。

《全唐诗》卷七一一。

和尚书咏泉山瀑布十二韵

名齐火浣溢山椒，谁把惊虹挂一条。天外倚来秋水刃，海心飞上白龙绡。民田凿断云根引，僧圃穿通竹影浇。喷石似烟轻漠漠，溅崖如雨冷潇潇。水中蚕绪缠苍壁，日里虹精挂绛霄。寒漱绿阴仙桂老，碎流红艳野桃夭。千寻练写长年在，六出花开夏日消。急恐划分青嶂骨，久应绷裂翠微腰。濯缨便可讥渔父，洗耳还宜傲帝尧。林际猿猱偏得饭，岸边乌鹊拟为桥。赤城未到诗先寄，庐阜曾游梦已遥。数夜积霖声更远，郡楼欹枕听良宵。

《全唐诗》卷七一一。

段成式

段成式（？—863），原籍齐州邹平（今山东邹平），家于荆州（今湖北江陵）。大中九年至十年（855—856）为处州刺史。

和徐商贺卢员外赐绯

云雨轩悬莺语新，一篇佳句占阳春。银黄年少偏欺酒，金紫风流不让人。连璧座中斜日满，贯珠歌里落花频。莫辞倒载吟归去，看欲东山又吐茵。

《全唐诗》卷五八四。

嘲元中丞

莺里花前选孟光，东山逋客酒初狂。素娥毕竟难防备，烧得河车莫遣尝。

《全唐诗》卷五八四。诗题一作《襄阳中堂赏花为宪与妓人戏语潮之》。

王贞白

王贞白（生卒年不详），信州永丰（今江西广丰）人。乾宁二年（895）进士，与罗隐、方干等友善。据其诗，曾游浙东镜湖、温州等地。

忆张处士

天台张处士，诗句造玄微。古乐知音少，名言与俗违。山风入松径，海月上岩扉。毕世唯高卧，无人说是非。

《全唐诗》卷七〇一，《天台前集别编》。

仙岩二首

白烟昼起丹灶，红叶秋书篆文。二十四岩天上，一鸡啼破晴云。

风呼山鬼服役，月照衡薇结花。江暖客寻瑶草，洞深人咽丹霞。

《全唐诗》卷七〇一。

寄天台叶尊师

师住天台久，长闻过石桥。晴峰见沧海，深洞彻丹霄。采药霞衣湿，煎芝古鼎焦。念予无俗骨，频与鹤书招。

《全唐诗》卷七〇一，《天台前集》卷下。

泛镜湖□□

我泛镜湖日，未生千里莼。时无贺宾客，谁识谪仙人。吟对四时雪，忆游三岛春。恶闻亡越事，洗耳大江滨。

《全唐诗》卷八八五。诗题下原注："题缺二字。"

翁承赞

翁承赞(生卒年不详),福唐(今福建福清)人。乾宁三年(896)进士。

对雨述怀示弟承检

淋淋霎霎结秋霖,欲使秦城叹陆沉。晓势遮回朝客马,夜声滴破旅人心。青苔重叠封颜巷,白发萧疏引越吟。不有惠连同此景,江南归思几般深。

《全唐诗》卷七〇三。

韦　庄

韦庄(836?—910),京兆杜陵(今陕西西安)人。光启三年至龙纪元年(887—889)避乱居婺州三年。

渔塘十六韵

洛水分余脉,穿岩出石棱。碧经岚气重,清带露华澄。莹澈通三岛,岩梧积万层。巢由应共到,刘阮想同登。壁峻苔如画,山昏雾似蒸。撼松衣有雪,题石砚生冰。路熟云中客,名留域外僧。饥猿寻落橡,斗鼠堕高藤。崄树临溪亚,残莎带岸崩。持竿聊藉草,待月好垂罾。对景思任父,开图想不兴。晚风轻浪叠,暮雨湿烟凝。似泛灵槎出,如迎羽客升。仙源终不测,胜概自相仍。欲别诚堪恋,长归又未能。他时操史笔,为尔著良称。

《全唐诗》卷六九五。诗题下原注:“在朱阳县石岩下。”

残　花

和烟和露雪离披,金蕊红须尚满枝。十日笙歌一宵梦,苎萝因雨失西施。

《全唐诗》卷六九六。一作于邺诗。

李氏小池亭十二韵

积石乱巉巉,庭莎绿不芟。小桥低跨水,危槛半依岩。花落鱼争唼,樱红鸟竞鹐。引泉疏地脉,扫絮积山嵌。古柳红绡织,新篁紫绮缄。养猿秋啸月,放鹤夜栖杉。枕簟溪云腻,池塘海雨咸。语窗鸡逞辨,舐鼎犬偏馋。踏藓青粘屐,攀萝绿映衫。访僧舟北渡,贳酒日西衔。迟客登高阁,题诗绕翠岩。家藏何所宝,清韵满琅函。

《全唐诗》卷六九七。诗题下原注:“时在婺州寄居作。”

婺州和陆谏议将赴阙怀阳羡山居

望阙路仍远,子牟魂欲飞。道开烧药鼎,僧寄卧云衣。故国饶芳草,他山挂夕晖。东阳虽胜地,王粲奈思归。

《全唐诗》卷六九七。

江上题所居

故人相别尽朝天，苦竹江头独闭关。落日乱蝉萧帝寺，碧云归鸟谢家山。青州从事来偏熟，泉布先生老渐悭。不是对花长酩酊，永嘉时代不如闲。

《全唐诗》卷六九七。苦竹，指苦竹城，唐时称苦竹馆，在浙江绍兴西南二十九里。谢家山，泛指上虞一带的山。

婺州屏居蒙右省王拾遗车枉降访病中延候不得因成寄谢

三年流落卧漳滨，王粲思家拭泪频。画角莫吹残月夜，病心方忆故园春。自为江上樵苏客，不识天边侍从臣。怪得白鸥惊去尽，绿萝门外有朱轮。

《全唐诗》卷六九七。

将卜兰芷村居留别郡中在仕

兰芷江头寄断蓬，移家空载一帆风。伯伦嗜酒还因乱，平子归田不为穷。避世漂零人境外，结茅依约画屏中。从今隐去应难觅，深入芦花作钓翁。

《全唐诗》卷六九七。兰芷村，疑在婺州。

和陆谏议避地寄东阳进退未决见寄

未归天路紫云深，暂驻东阳岁月侵。入洛声华当世重，闵周章句满朝吟。开炉夜看黄芽鼎,卧瓮闲欹白玉簪。读易草玄人不会,忧君心是致君心。

《全唐诗》卷六九七。

江上逢故人

前年送我曲江西,红杏园中醉似泥。今日逢君越溪上,杜鹃花发鹧鸪啼。来时旧里人谁在,别后沧波路几迷。江畔玉楼多美酒,仲宣怀土莫凄凄。

《全唐诗》卷六九七。

东阳酒家赠别二绝句

送君同上酒家楼,酩酊翻成一笑休。正是落花饶怅望,醉乡前路莫回头。
天涯方叹异乡身,又向天涯别故人。明日五更孤店月,醉醒何处泪沾巾。

《全唐诗》卷六九七。

和郑拾遗秋日感事一百韵(节录)

祸乱天心厌,流离客思伤。有家抛上国,无罪谪遐方。负笈将辞越,扬帆欲泛湘。避时难驻足,感事易回肠。……

《全唐诗》卷六九七。

不出院楚公

一自禅关闭,心猿日渐驯。不知城郭路,稀识市朝人。履带阶前雪,衣无寺外尘。却嫌山翠好,诗客往来频。

《全唐诗》卷六九八。诗题下原注:“自三衢至江西作。”

夜雪泛舟游南溪

大江西面小溪斜,入竹穿松似若耶。两岸严风吹玉树,一滩明月晒银砂。因寻野渡逢渔舍,更泊前湾上酒家。去去不知归路远,棹声烟里独呕哑。

《全唐诗》卷六九八。

鹧　鸪

南禽无侣似相依,锦翅双双傍马飞。孤竹庙前啼暮雨,汨罗祠畔吊残晖。秦人只解歌为曲,越女空能画作衣。懊恼泽家非有恨,年年长忆凤城归。

《全唐诗》卷六九八。

东阳赠别

绣袍公子出旌旗,送我摇鞭入翠微。大抵行人难诉酒,就中辞客易沾衣。去时此地题桥去,归日何年佩印归。无限别情言不得,回看溪柳恨依依。

《全唐诗》卷六九八。

婺州水馆重阳日作

异国逢佳节，凭高独若吟。一杯今日醉，万里故园心。水馆红兰合，山城紫菊深。白衣虽不至，鸥鸟自相寻。

《全唐诗》卷六九八。

避地越中作

避世移家远，天涯岁已周。岂知今夜月，还是去年愁。露果珠沉水，风萤烛上楼。伤心潘骑省，华发不禁秋。

《全唐诗》卷六九八。

夏口行寄婺州诸弟

回头烟树各天涯，婺女星边远寄家。尽眼楚波连梦泽，满衣春雪落江花。双双得伴争如雁，一一归巢却羡鸦。谁道我随张博望，悠悠空外泛仙槎。

《全唐诗》卷六九八。

诉衷情

碧沼红芳烟雨静，倚栏桡。垂玉佩，交带，袅纤腰。鸳梦隔星桥，迢迢。越罗香暗销。坠花翘。

《全唐诗》卷八九二,《全唐五代词》正编卷一。

天仙子

金似衣裳玉似身,眼如秋水鬓如云。霞裙月帔一群群,来洞口,望烟分,刘阮不归春日曛。

《全唐诗》卷八九二。

黄　滔

黄滔(840—?),泉州莆田(今福建莆田)人。黄滔于咸通十三年(872)登荐,乾宁元年(894)始登第,这二十多年间曾游越。

送僧归北岩寺

北岩泉石清,本自高僧住。新松五十年,藤萝成古树。题诗昔佳士,清风二林喻。上智失扣关,多被浮名误。莲扃压月涧,空美黄金布。江翻岛屿沉,木落楼台露。伊余东还际,每起烟霞慕。旋为俭府招,未得穷野步。西轩白云阁,师辞洞庭寓。越城今送归,心到焚香处。

《全唐诗》卷七〇四。

喜翁文尧员外病起

卫玠羊车悬,长卿驷马姿。天嫌太端正,神乃减风仪。饮冰俾消渴，断谷皆清羸。越僧夸艾炷，秦女隔花枝。自能论苦器，不假求良医。惊杀漳滨鬼，错与刘生随。昨日已如虎，今朝谒荀池。扬鞭入王门，四面人熙熙。青桂任霜霰，尺璧无瑕疵。回尘却惆怅，归阙难迟迟。

《全唐诗》卷七〇四。

别友人

莫恨东墙下，频伤命不通。苦心如有感，他日自推公。雨夜扁舟发，花时别酒空。越山烟翠在，终愧卧云翁。

《全唐诗》卷七〇四。

赠明州霍员外

惠化如施雨，邻州亦可依。正衙无吏近，高会觉人稀。海日旗边出，沙禽角外归。四明多隐客，闲约到岩扉。

《全唐诗》卷七〇四。

题郑山人居

履迹遍莓苔，幽枝间药栽。枯杉擎雪朵，破牖触风开。泉自孤峰落，人从诸洞来。终期宿清夜，斟茗说天台。

《全唐诗》卷七〇四。

题道成上人院

花宫城郭内，师住亦清凉。何必天台寺，幽禅瀑布房。簟舒湘竹滑，茗煮蜀芽香。更看道高处，君侯题翠梁。

《全唐诗》卷七〇四。

东山之游未遂渐逼行期作四十字奉寄翁文尧员外

轺车难久驻，须到别离时。北阙定归去，东山空作期。绿苔劳扫径，丹凤欲衔词。杨柳开帆岸，今朝泪已垂。

《全唐诗》卷七〇四。

寄越从事林嵩侍御

子虚词赋动君王，谁不期君入对扬。莫恋兔园留看雪，已乘骢马合凌霜。路归天上行方别，道在人间久便香。应念都城旧吟客，十年踪迹委沧浪。

《全唐诗》卷七〇五。

送人往苏州觐其兄

阖闾城外越江头，两地烟涛一叶舟。到日荆枝应便茂，别时珠泪不须流。迎欢酒醒山当枕，咏古诗成月在楼。明日尊前若相问，为言今访赤松游。

《全唐诗》卷七〇五。

浙幕李端公泛建溪

越城吴国结良姻，交发芙蓉幕内宾。自顾幽沉槐省迹，得陪清显谏垣臣。分题晓并兰舟远，对坐宵听月狖频。更爱延平津上过，一双神剑是龙鳞。

《全唐诗》卷七〇五。浙幕，浙东观察使，870 年至 872 年为李绾。浙西（润州）观察使 858 年至 859 年为李琢。建溪，在今福建南平。

伤蒋校书德山

谁到双溪溪岸傍，与招魂魄上苍苍。世间无树胜青桂，陇上有花唯白杨。秦苑火然新赋在，越城山秀故居荒。如何万古雕龙手，独是相如识汉皇。

《全唐诗》卷七〇五。双溪，即东阳江，在今浙江金华，当是蒋校书家乡。

乌石村

往日江村今物华，一回登览一悲嗟。故人殁后城头月，新鸟啼来垄上花。卖剑钱销知绝俗，闻蝉诗苦即思家。谢公古郡青山在，三尺孤坟扑海沙。

《全唐诗》卷七〇五。诗题下原注："即林希刘故居。"乌石村，在温州。

翁文尧员外捧金紫还乡之命雅发篇章将原交情远为嘉贶泊燕鸿陆犬楚水荆山又吐琼瑶逮之幽鄙虽涌泉思触逸兴皆虚而强韵押难非才颇愧兹辄酬和以质奖私

传将盛事更无余,还向桥边看旧书。东越独推生竹箭,北溟喜足贮鲲鱼。两回谁解归华表,午夜兼能荐子虚。须把头冠弹尽日,怜君不与故人疏。

《全唐诗》卷七〇五。

寓　题

吴中烟水越中山,莫把渔樵谩自宽。归泛扁舟可容易,五湖高士是抛官。

《全唐诗》卷七〇六。

殷文圭

殷文圭(生卒年不详),池州青阳(今属安徽)人。乾宁五年(898),昭宗避难华州,殷文圭因朱全忠表荐进士及第。唐亡后,吴武义元年(919),杨隆演称帝,以殷文圭为翰林学士。

初秋留别越中幕客

魂梦飘零落叶洲,北辕南柁几时休。月中青桂渐看老,星畔白榆还报秋。鹤禁有知须强进，稽峰无事莫相留。吴花越柳饶君醉，直待功成始举头。

《全唐诗》卷七〇七。

韩 偓

韩偓（842—914？），京兆万年（今陕西西安）人。

三月二十七日自抚州往南城县舟行见拂水蔷薇因有是作

江中春雨波浪肥，石上野花枝叶瘦。枝低波高如有情，浪去枝留如力斗。绿刺红房战袅时，吴娃越艳醺酣后。且将浊酒伴清吟，酒逸吟狂轻宇宙。

《全唐诗》卷六八〇。

梦 仙

紫霄宫阙五云芝，九级坛前再拜时。鹤舞鹿眠春草远，山高水阔夕阳迟。每嗟阮肇归何速，深羡张骞去不疑。澡练纯阳功力在，此心唯有玉皇知。

《全唐诗》卷六八〇。

赠隐逸

静景须教静者寻，清狂何必在山阴。蜂穿窗纸尘侵砚，鸟斗庭花露滴琴。莫笑乱离方解印，犹胜颠蹶未抽簪。筑金总得非名士，况是无人解筑金。

《全唐诗》卷六八一。

永明禅师房

景色方妍媚，寻真出近郊。宝香炉上爇，金磬佛前敲。蔓草稜山径，晴云拂树梢。支公禅寂处，时有鹤来巢。

《全唐诗》卷六八二。

横　塘

秋寒洒背入帘霜，凤胫灯清照洞房。蜀纸麝煤沾笔兴，越瓯犀液发茶香。风飘乱点更筹转，拍送繁弦曲破长。散客出门斜月在，两眉愁思问横塘。

《全唐诗》卷六八三。

林　嵩

林嵩（生卒年不详），长溪（今福建霞浦）人。乾符二年（875）进士，曾为越州从事。

赠天台王处士

深隐天台不记秋，琴台长别一何愁。茶烟岩外云初起，新月潭心钓未收。映宇异花丛发好，穿松孤鹤一声幽。赤城不掩高宗梦，宁久悬冠枕瀑流。

《全唐诗》卷六九〇，《天台前集·拾遗》。

鱼玄机

鱼玄机（844？—868），长安（今陕西西安）人。曾历游各地。据其诗，可能曾游越州。

浣纱庙

吴越相谋计策多，浣纱神女已相和。一双笑靥才回面，十万精兵尽倒戈。范蠡功成身隐遁，伍胥谏死国消磨。只今诸暨长江畔，空有青山号苎萝。

《全唐诗》卷八〇四。

杜荀鹤

杜荀鹤（846—904），池州（今属安徽）人。咸通十三年（872）姚鹄为台州刺史时曾游浙东台州。乾符二年（875）九月曾再游浙东。

中和三年至景福元年(883—892)钟季文为明州刺史时杜荀鹤第三次游浙东明州、温州、婺州。

春宫怨

早被婵娟误,欲妆临镜慵。承恩不在貌,教妾若为容。风暖鸟声碎,日高花影重。年年越溪女,相忆采芙蓉。

《全唐诗》卷六九一。一作周朴诗,见《全唐诗》卷六七三。

浙中逢诗友

到处有同人,多为赋与文。诗中难得友,湖畔喜逢君。冻把城根雪,风开岳面云。苦吟吟不足,争忍话离群。

《全唐诗》卷六九一。

送友游吴越

去越从吴过,吴疆与越连。有园多种橘,无水不生莲。夜市桥边火,春风寺外船。此中偏重客,君去必经年。

《全唐诗》卷六九一,《会稽掇英总集》卷一〇。

出常山界使回有寄

自小即南北,未如今日离。封疆初尽处,人使却回时。开口有所忌,此心无以为。行行复垂泪,不称是男儿。

《全唐诗》卷六九一。

登天台寺

一到天台寺，高低景旋生。共僧岩上坐，见客海边行。野色人耕破，山根浪打鸣。忙时向闲处，不觉有闲情。

《全唐诗》卷六九一，《天台前集》卷下。

题战岛僧居

师爱无尘地，江心岛上居。接船求化惯，登陆赴斋疏。载土春栽树，抛生日餧鱼。入云萧帝寺，毕竟欲何如。

《全唐诗》卷六九一。诗题下原注："在江之心。"战岛，即江心岛，在温州。

霁后登唐兴寺水阁

一雨三秋色，萧条古寺间。无端登水阁，有处似家山。白日生新事，何时得暂闲。将知老僧意，未必恋松关。

《全唐诗》卷六九一。唐兴寺，当在唐兴县即天台县。

题江山寺

江上山头寺，景留吟客船。遍游销一日，重到是何年。沙鸟多翘足，岩僧半露肩。为诗多语涩，喜此得终篇。

《全唐诗》卷六九一。五泄山有江山寺,《全唐诗》卷八三三贯休《送僧入五泄》有句“五泄江山寺”。

题唐兴寺小松

虽小天然别,难将众木同。侵僧半窗月,向客满襟风。枝拂行苔鹤,声分叫砌虫。如今未堪看,须是雪霜中。

《全唐诗》卷六九一。

将游湘湖有作

一家相别意,不得不潸然。远作南方客,初登上水船。岳钟思冷梦,湘月少残篇。便有归来计,风波亦隔年。

《全唐诗》卷六九一。湘湖,当指湘江和洞庭湖。存疑。

钱塘别罗隐

故国看看远,前程计在谁。五更听角后,一叶渡江时。吾道天宁丧,人情日可疑。西陵向西望,双泪为君垂。

《全唐诗》卷六九一。

题历山舜祠

昔舜曾耕地,遗风日寂寥。世人那肯祭,大圣不兴妖。殿宇秋霖坏,杉松野火烧。时讹竞淫祀,丝竹醉山魈。

《全唐诗》卷六九一。诗题下原注:“山有庙,呼为帝二子,多变妖异为时所敬。”历山，一说在山东历城南。存疑。

寄临海姚中丞

夏辞旌旆已秋深，永夕思量泪满襟。风月易斑搜句鬓，星霜难改感恩心。寻花洞里连春醉，望海楼中彻晓吟。虽有梦魂知处所，去来多被角声侵。

《全唐诗》卷六九二，《天台前集》卷下。

春日行次钱塘却寄台州姚中丞

岂为无心求上第，难安帝里为家贫。江南江北闲为客，潮去潮来老却人。两岸雨收莺语柳，一楼风满角吹春。花前不独垂乡泪，曾是朱门寄食身。

《全唐诗》卷六九二，《天台前集》卷下。

哭方干

何言寸禄不沾身，身没诗名万古存。况有数篇关教化，得无余庆及儿孙。渔樵共垒坟三尺，猿鹤同栖月一村。天下未宁吾道丧，更谁将酒酹吟魂。

《全唐诗》卷六九二。

秋日泊浦江

一帆程歇九秋时，漠漠芦花拂浪飞。寒浦更无船并宿，暮山时见鸟双归。照云烽火惊离抱,剪叶风霜逼暑衣。江月渐明汀露湿,静驱吟魄入玄微。

《全唐诗》卷六九二。浦江,源出浙江浦江西,北经萧山入钱塘江。

别四明钟尚书

九华天际碧嵯峨,无奈春来入梦何。难与英雄论教化,却思猿鸟共烟萝。风前柳态闲时少,雨后花容淡处多。都大人生有离别,且将诗句代离歌。

《全唐诗》卷六九二。

送项山人归天台

因话天台归思生,布囊藤杖笑离城。不教日月拘身事,自与烟萝结野情。龙镇古潭云色黑,露淋秋桧鹤声清。此中是处堪终隐,何要世人知姓名。

《全唐诗》卷六九二,《天台前集别编》。

送僧归国清寺

吟送越僧归海涯,僧行浑不觉程赊。路沿山脚潮痕出,睡倚松根日色斜。撼锡度冈猿抱树,挈瓶盛浪鹭翘沙。到参禅后知无事,看引秋泉灌藕花。

《全唐诗》卷六九二,《天台前集》卷下。

寄温州朱尚书并呈军倅崔太博

永嘉名郡昔推名,连属荀家弟与兄。教化静师龚渤海,篇章高体谢宣城。山从海岸妆吟景,水自城根演政声。今日老输崔博士,不妨疏逸伴双旌。

《全唐诗》卷六九二。诗题下原注:“朱名褒。”

寄温州崔博士

怀君劳我写诗情,窣窣阴风有鬼听。县宰不仁工部饿,酒家无识翰林醒。眼昏经史天何在,心尽英雄国未宁。好向贤侯话吟侣,莫教辜负少微星。

《全唐诗》卷六九二。

杨　夔

杨夔(生卒年不详),其先弘农(今河南灵宝)人。昭宗时,与殷文圭、杜荀鹤等同为宣州田頵上客。

送日东僧游天台

一瓶离日外,行指赤城中。去自重云下,来从积水东。攀萝跻石径,挂锡憩松风。回首鸡林道,唯应梦想通。

《全唐诗》卷七六三,《天台前集别编》。

送杜郎中入茶山修贡

一道澄澜彻底清，仙郎轻棹出重城。采蘋虚得当时称，述职那同此日荣。剑戟步经高障黑，绮罗光动百花明。谢公携妓东山去，何似乘春奉诏行。

《全唐诗》卷七六三。

陆　扆

陆扆(847—905)，祖籍吴郡(今江苏苏州)，后迁于陕(今河南陕县)。

句

今秋已约天台月。

《全唐诗》卷六八八。

朱　著

朱著(生卒年不详)，永嘉(今浙江温州)人，朱褒兄。中和元年(881)永嘉朱褒作乱，为州刺史。乾宁元年至天复元年(894—901)著自为刺史。兄弟交据温州二十余年。

游南雁荡

出呈图画水呜弦，石室丹台别有天。官况屡来忘是客，凡襟洗去欲成仙。只因紫绶羁尘海，须把黄花种玉田。药径云关堪驻迹，钩矶风月不须钱。

《全唐诗补编·续拾》卷三五。

李　郢

李郢（生卒年不详），长安（今陕西西安）人。曾两游天台，并游新昌沃洲山。

冬至后西湖泛舟看断冰偶成长句

一阳生后阴飙竭，湖上层冰看折时。云母扇摇当殿色，珊瑚树碎满盘枝。斜汀藻动鱼应觉，极浦波生雁未知。山影浅中留瓦砾，日光寒外送涟漪。崖崩苇岸纵横散，篙蹙兰舟片段随。曾向黄河望冲激，大鹏飞起雪风吹。

《全唐诗》卷五九〇。存疑。

游天柱观

听钟到灵观，仙子喜相寻。茅洞几千载，水声寒至今。读碑丹井上，坐石涧亭阴。清兴未云尽，烟霞生夕林。

《全唐诗》卷五九〇。

酬刘谷除夜见寄

坐恐三更至，流年此夜分。客心无限事，愁雨不堪闻。灞上家殊远，炉前酒暂醺。刘郎亦多恨，诗忆故山云。

《全唐诗》卷五九〇。此是否即仙游天台之刘郎，存疑。

宿怜上人房

重公旧相识，一夕话劳生。药裹关身病，经函寄道情。岳寒当寺色，滩夜入楼声。不待移文诮，三年别赤城。

《全唐诗》卷五九〇。《天台前集别编》，诗题作《宿凌上人房》。

重阳日寄浙东诸从事

野人多病门长掩，荒圃重阳菊自开。愁里又闻清笛怨，望中难见白衣来。元瑜正及从军乐，甯戚谁怜叩角哀。红旆纷纷碧江暮，知君醉下望乡台。

《全唐诗》卷五九〇。

友人适越路过桐庐寄题江驿

桐庐县前洲渚平，桐庐江上晚潮生。莫言独有山川秀，过日仍闻官长清。麦陇虚凉当水店，鲈鱼鲜美称莼羹。王孙客棹残春去，相送河桥羡此行。

《全唐诗》卷五九〇。

奉陪裴相公重阳日游安乐池亭

绛霄轻霭翊三台，稽阮襟怀管乐才。莲沼昔为王俭府，菊篱今作孟嘉杯。宁知北阙元勋在，却引东山旧客来。自笑吐茵还酩酊，日斜空从绛衣回。

《全唐诗》卷五九〇。稽阮，当为“嵇阮”。

浙河馆

雨湿菰蒲斜日明，茅厨煮茧掉车声。青蛇上竹一种色，黄蝶隔溪无限情。何处樵渔将远饷，故园田土忆春耕。千峰万濑水潏潏，羸马此中愁独行。

《全唐诗》卷五九〇。诗题一作《暮春山行田家歇马》。此浙河馆在浙东还是浙西，不详，录以备考。

长安夜访澈上人

关西木落夜霜凝，乌帽闲寻紫阁僧。松迥月光先照鹤，寺寒沟水忽生冰。琤琤晓漏喧秦禁，漠漠秋烟起汉陵。闻说天台旧禅处，石房独有一龛灯。

《全唐诗》卷五九〇，《天台前集》卷中。

送圆鉴上人游天台

西岭草堂留不住，独携瓶锡向天台。霜清海寺闻潮至，日宴江船乞食回。华顶夜寒孤月落，石桥秋尽一僧来。灵溪道者相逢处，阴洞泠泠竹室开。

《全唐诗》卷五九〇，《天台前集》卷中。

送僧之台州

独寻台岭闲游去，岂觉灵溪道里赊。三井应潮通海浪，五峰攒寺落天花。寒潭盥漱铜瓶洁，野店安禅锡杖斜。到日初寻石桥路，莫教云雨湿袈裟。

《全唐诗》卷五九〇，《天台前集》卷中。

重游天台

南国天台山水奇，石桥危险古来知。龙潭直下一百丈，谁见生公独坐时。

《全唐诗》卷五九〇，《天台前集》卷中。

上元日寄湖杭二从事

恋别山灯忆水灯，山光水焰百千层。谢公留赏山公唤，知入笙歌阿那朋。

《全唐诗》卷五九〇。

醉　送

江梅冷艳酒清光，急拍繁弦醉画堂。无限柳条多少雪，一将春恨付刘郎。

《全唐诗》卷五九〇。

晓　井

桐阴覆井月斜明，百尺寒泉古甃清。越女携瓶下金索，晓天初放辘轳声。

《全唐诗》卷五九〇。

不　睡

沃洲山里苦心人，十五年来少睡身。诗句每多闲夜得，鬓毛终为半愁新。纷纷落烬看将久，历历寒更听转频。家寄江南断音信，一凭归梦去无因。

《全唐诗补编·续补遗》卷八。

崔　涂

崔涂（850—？），睦州桐庐（今属浙江）人。

读方干诗因怀别业

把君诗一吟，万里见君心。华发新知少，沧洲旧隐深。潮冲虚阁上，山入暮窗沉。忆宿高斋夜，庭枝识海禽。

《全唐诗》卷六七九。

送僧归江东

坐彻秦城夏，行登越客船。去留那有著，语默不离禅。叶拥临关路，霞明近海天。更寻同社侣，应得虎溪边。

《全唐诗》卷六七九，《天台前集》卷下。诗题一作《岐下送蒙上人归天台》。

送僧归天竺

忽忆曾栖处，千峰近沃州。别来秦树老，归去海门秋。汲带寒汀月，禅邻贾客舟。遥思清兴惬，不厌石林幽。

《全唐诗》卷六七九。

题兴善寺隋松院与人期不至

青青伊涧松，移植在莲宫。藓色前朝雨，秋声半夜风。长闲应未得，暂赏亦难同。不及禅栖者，相看老此中。

《全唐诗》卷六七九。兴善寺，当在长安朱雀桥街东第一街靖善坊。存疑。

杜光庭

杜光庭(850—933),京兆杜陵(今陕西长安)人。寓居处州缙云(今属浙江),咸通中(860—874),两试不第,入天台山为道士。

题鸿都观

亡吴霸越已功全,深隐云林始学仙。鸾鹤自飘三蜀驾,波涛犹忆五湖船。双溪夜月明寒玉,众岭秋空敛翠烟。也有扁舟归去兴,故乡东望思悠然。

《全唐诗》卷八五四。作者寓居处州,扁舟归去借范蠡感发乡思。

题空明洞

窅然灵岫五云深,落翮标名振古今。芝术迎风香馥馥,松柽蔽日影森森。从师只拟寻司马,访道终期谒奉林。欲问空明奇胜处,地藏方石恰如金。

《全唐诗》卷八五四。空明洞,在今浙江黄岩委羽山。

题北平沼

桐柏真人曾此居,焚香崖下诵灵书。朝回时宴三山客,涧尽闲飞五色鱼。天柱一峰凝碧玉,神灯千点散红蕖。宝芝常在知谁得,好驾金蟾入太虚。

《全唐诗》卷八五四。

咏西施

素面已云妖，更著花钿饰。脸横一寸波，浸破吴王国。

《全唐诗》卷八五四。一作郑遨诗，见《全唐诗》卷八五五。

郑　谷

郑谷（851？—？），袁州宜春（今属江西）人。

送进士赵能卿下第南归

不归何慰亲，归去旧风尘。洒泪惭关吏，无言对越人。远帆花月夜，微岸水天春。莫便随渔钓，平生已苦辛。

《全唐诗》卷六七四。

寄题方干处士

山雪照湖水，漾舟湖畔归。松篁调远籁，台榭发清辉。野岫分闲径，渔家并掩扉。暮年诗力在，新句更幽微。

《全唐诗》卷六七四。《会稽掇英总集》卷一二，诗题作《寄题方干处士镜湖别墅》。

寄前水部贾员外嵩

谢病别文昌，仙舟向越乡。贵为金马客，雅称水曹郎。白鹭同孤洁，清波共渺茫。相如词赋外，骚雅趣何长。

《全唐诗》卷六七四。

题兴善寺寂上人院

客来风雨后，院静似荒凉。罢讲蛩离砌，思山叶满廊。腊高兴故疾，炉暖发余香。自说匡庐侧，杉阴半石床。

《全唐诗》卷六七四。长安靖善坊有兴善寺。存疑。

王　驾

王驾（生卒年不详），河中（今山西永济）人。大顺元年（890）进士，与郑谷、司空图为诗友。据其诗，曾游兰亭。

永和县上巳

记得兰亭祓禊辰，今朝兼是永和春。一觞一咏无诗侣，病倚山窗忆故人。

《全唐诗补编·续补遗》卷九。

吴　璋

吴璋（生卒年里不详），天祐四年（907）为温州制置使。

游南雁荡

碧桃花暖洞门开，遥向春山举一杯。洒墨几人镌月牖，乘风两度到蓬莱。绿阴窗户长疑雨，白石林泉半杂苔。王事贤劳闲未得，趣归猿鹤莫相猜。

《全唐诗补编·续拾》卷三五。

孙　棨

孙棨（生卒年不详），博州武水（今山东聊城）人。僖宗时，频随计吏入京，屡试不第。中和四年（884），撰《北里志》。乾宁中（894—898）与郑谷同为拾遗。

赠妓人王福娘

彩翠仙衣红玉肤，轻盈年在破瓜初。霞杯醉劝刘郎赌，云髻慵邀阿母梳。不怕寒侵缘带宝，每忧风举倩持裾。谩图西子晨妆样，西子元来未得如。

《全唐诗》卷七二七。

钱　镠

钱镠（852—932），杭州临安（今属浙江）人。乾宁三年（896），兼有浙东、浙西之地，天复二年（902），封为越王。后梁太祖开平元年

(907),封为吴越国王。

西园产芝

五纪尊天立霸基,八方邻国尽相知。兴吴定越崇王道,殄物平凶建国仪。忽有灵根彰瑞应,皆由和气感明祇。休言汉代芝房异,今日吾邦事更奇。

《全唐诗补编·续补遗》卷一二。

百花亭题梅二首(其二)

吴山越岫种寒梅,玉律含芳待候催。为应阳和呈雪貌,游蜂难觉我先阔。

《全唐诗补编·续补遗》卷一二。

题罗隐壁

特到儒门谒老莱,老莱相见意徘徊。黄河信有澄清日,后代应难继此才。

《全唐诗补编·续补遗》卷一二。

隐岳洞

百尺金容连翠岳,三层宝阁倚青霄。手炉香暖申卑愿,愿降殊祥福帝尧。

《全唐诗补编·续补遗》卷一二。诗题下原注："在石城山，五代时有隐岳寺。"

钱元瓘

钱元瓘(887—941),杭州临安(今属浙江)人。钱镠第五子。先后被封吴王、越王、吴越国王。

送别十七哥

大伯东阳轸旧思，士民襦裤喜回时。登临若起鸰原念，八咏楼中寄小诗。

《全唐诗补编·续补遗》卷一二。

题得铜香炉并序

太岁大渊献七月七日，婺州金华县招隐乡有民李满，于溪中得铜香炉一枚。又沿溪行二十余步，睹黄金天尊一躯，高一丈八尺，金色俨然。伏以玉京金门，至妙上真，圣功难量，玄功莫测。道气充盈者，可以身冲霄极，阴德及人者，必致福寿无边。莫尽赞扬，卒难叙述。今则清溪之内，先吐祥烟，绿水之中，复呈妙相。况今国家方以真金建制，太上仙客，才已圆成，适当庆礼，果符徵应，获此嘉祥。因成短篇，用伸恭信。

莫记年华隐水中，忽于此日睹灵踪。三天瑞气标金相，五色龙光俨圣容。节届初秋兴典教，当时千载庆遭逢。仙冠羽服声清曲，共引金台入九重。

《全唐诗补编·续补遗》卷一二。

吴　融

吴融（？—903），越州山阴（今浙江绍兴）人。咸通六年（865）十六岁之前当居越州山阴家中。后当亦时时归故乡而游。

山居即事四首（其四）

无邻无里不成村，水曲云重掩石门。何用深求避秦客，吾家便是武陵源。

《全唐诗》卷六八四。

秋日感事

一叶飘然夕照沉，世间何事不经心。几人欲话云台峻，独我方探禹穴深。鸡檄固应无下策，鹤书还要问中林。自怜情为多忧动，不为西风白露吟。

《全唐诗》卷六八四。

岐下闻杜鹃

化去蛮乡北，飞来渭水西。为多亡国恨，不忍故山啼。怨已惊秦凤,灵应识汉鸡。数声烟漠漠,余思草萋萋。楼迥波无际,林昏日又低。如何不肠断,家近五云溪。

《全唐诗》卷六八四。

雨后闻思归乐二首(其二)

一夜鸟飞鸣,关关彻五更。似因归路隔,长使别魂惊。未省愁雨暗,就中伤月明。须知越吟客,欹枕不胜情。

《全唐诗》卷六八四。

寄贯休上人

别来如梦亦如云,八字微言不复闻。世上浮沉应念我,笔端飞动只降君。几同江步吟秋霁,更忆山房语夜分。见拟沃州寻旧约,且教丹顶许为邻。

《全唐诗》卷六八四。

和严谏议萧山庙十韵

泽国瞻遗庙,云韶仰旧名。一隅连障影,千仞落泉声。老狖寻危栋,秋蛇束画楹。路长资税驾,岁俭绝丰盛。默默虽难测,昭昭本至平。岂知迁去客,自有复来兵。美舜歌徒作,欺尧犬正狞。近兼闻顺动,敢复怨徂征。日出天须霁,风休海自清。肺肠无处说,一为启聪明。

《全唐诗》卷六八四。诗题下原注:“旧说常闻箫管之声,因而得名,次韵。”

西陵夜居

寒潮落远汀,暝色入柴扃。漏永沉沉静,灯孤的的清。林风移宿鸟,池雨定流萤。尽夜成愁绝,啼蛩莫近庭。

《全唐诗》卷六八四。

题越州法华寺

寺在五峰阴,穿缘一径寻。云藏古殿暗,石护小房深。宿鸟连僧定,寒猿应客吟。上方应见海,月出试登临。

《全唐诗》卷六八四,《会稽掇英总集》卷八。

岐下闻子规

剑阁西南远凤台,蜀魂何事此飞来。偶因陇树相迷至,唯恐边风却送回。只有花知啼血处,更无猿替断肠哀。谁怜越客曾闻处,月落江平晓雾开。

《全唐诗》卷六八四。

送广利大师东归

紫殿久沾恩,东归过海门。浮荣知是梦,轻别肯销魂。明发先晨鸟,寒栖入暝猿。蕺山如重到,应老旧云根。

《全唐诗》卷六八五。广利大师，永嘉人，久居明州国宁寺。海门，在萧山东北。

绵竹山四十韵(节录)

……绝顶已凝雪，晃朗开红旭。初疑昆仑下，夭矫龙衔烛。亦似蓬莱巅，金银台叠蹙。紫霞或旁映，绮段铺繁褥。晚照忽斜笼，赤城差断续。又如煮吴盐，万万盆初熟。又如濯楚练，千千匹未轴。……

《全唐诗》卷六八五。

西京道中闻蛙

雨余林外夕烟沉，忽有蛙声伴客吟。莫怪闻时倍惆怅，稚圭蓬荜在山阴。

《全唐诗》卷六八五。

松江晚泊

吴台越峤两分津，万万樯乌簇夜云。吟尽长江一江月，更无人似谢将军。

《全唐诗》卷六八五。

山居喜友人相访

秋雨空山夜，非君不此来。高于剡溪雪，一棹到门回。

《全唐诗》卷六八六。

赠方干处士歌

把笔尽为诗,何人敌夫子?句满天下口,名聒天下耳。不识朝,不识市,旷逍遥,闲徙倚。一杯酒,无万事;一叶舟,无千里。衣裳白云,坐卧流水。霜落风高忽相忆,惠然见过留一夕。一夕听吟十数篇,水榭林萝为岑寂。拂旦舍我亦不辞,携筇径去随所适。随所适,无处觅。云半片,鹤一只。

《全唐诗》卷六八七。

赠詧光上人草书歌

篆书朴,隶书俗,草圣贵在无羁束。江南有僧名詧光,紫毫一管能颠狂。人家好壁试挥拂,瞬目已流三五行。摘如钩,挑如拨,斜如掌,回如斡。又如夏禹锁淮神,波底出来手正拔。又如朱亥锤晋鄙,袖中抬起腕欲脱。有时软萦盈,一穗秋云曳空阔。有时瘦巉岩,百尺枯松露槎枿。忽然飞动更惊人,一声霹雳龙蛇活。稽山贺老昔所传,又闻能者惟张颠。上人致功应不下,其奈飘飘沧海边。可中一入天子国,络素裁缣洒毫墨。不系知之与不知,须言一字千金值。

《全唐诗》卷六八七。詧光上人,即广利大师。

赠广利大师歌

化人之心固甚难，自化之心更不易。化人可以程限之，自化元须有其志。在心为志者何人，今日得之于广利。三十年前识师初，正见把笔学草书。崩云落日千万状，随手变化生空虚。海北天南几回别，每见书踪转奇绝。近来兼解作歌诗，言语明快有气骨。坚如百炼钢，挺特不可屈。又如千里马，脱缰飞灭没。好是不雕刻，纵横冲口发。昨来示我十余篇，咏杀江南风与月。乃知性是天，习是人。莫轻河边羖䍽，飞作天上麒麟。但日新，又日新，李太白，非通神。

《全唐诗》卷六八七。

浙东筵上有寄

襄王席上一神仙，眼色相当语不传。见了又休真似梦，坐来虽近远于天。陇禽有意犹能说，江月无心也解圆。更被东风劝惆怅，落花时节定翩翩。

《全唐诗》卷六八七。

富水驿东楹有人题诗

绣缨霞翼两鸳鸯，金岛银川是故乡。只合双飞便双死，岂悲相失与相忘。烟花夜泊红蕖腻，兰渚春游碧草芳。何事遽惊云雨别，秦山楚水两乖张。

《全唐诗》卷六八七。诗题下原注："笔迹柔媚，出自纤指。"

崔致远

崔致远（857—928？），新罗庆州人。十二岁入唐求学，乾符元年（874）进士及第，三年后除宣州溧水尉，广明元年（880）入高骈幕府，任都统巡官、掌书记。光启元年（885）归国。

赠云门兰若智光上人

云畔构精舍，安禅四纪余。筇无出山步，笔绝入京书。竹架泉声紧，松棂日影疏。境高吟不尽，瞑目悟真如。

《增订注释全唐诗》卷八九五。见阎琦《崔致远佚诗笺证》引《孤云先生文集》。此疑为会稽之云门。崔致远曾入浙西高骈幕府，有可能游邻郡浙东，而游云门。

王　涣

王涣（859—901），郡望太原（今属山西）。

惆怅诗十二首（其十）

晨肇重来路已迷，碧桃花谢武陵溪。仙山目断无寻处，流水潺湲日渐西。

《全唐诗》卷六九〇。

章　碣

章碣(生卒年不详),原籍睦州桐庐(今属浙江),后迁居钱塘(今浙江杭州)。咸通末(874),以诗名。乾符四年(877)仍落第。据其诗曾游浙东。

桃　源

绝壁相欹是洞门,昔人从此入仙源。数株花下逢珠翠,半曲歌中老子孙。别后自疑园吏梦,归来谁信钓翁言。山前空有无情水,犹绕当时碧树村。

《全唐诗》卷六六九。

赠婺州苏员外

帝念琼枝欲并芳,星分婺女寄仙郎。鸾从阙下虽辞侣,雁到江都却续行。烟月一时搜古句,山川两地植甘棠。即看龙虎西归去,便佐羲轩活万方。

《全唐诗》卷六六九。

寄友人

谢家山水属君家,曾共持钩掷岁华。竹里竹鸡眠藓石,溪头鸂鶒踏金沙。登楼夜坐三层月，接果春看五色花。昨日西风动归思，满船凉叶在天涯。

《全唐诗》卷六六九。谢家山水，指会稽始宁(今浙江上虞)东山一带的山水。谢安、谢灵运曾居此。

陪浙西王侍郎夜宴

深锁雷门宴上才，旋看歌舞旋传杯。黄金鸂鶒当筵睡，红锦蔷薇映烛开。稽岭好风吹玉佩，镜湖残月照楼台。小儒末座频倾耳，只怕城头画角催。

《全唐诗》卷六六九。

秦韬玉

秦韬玉(生卒年不详)，湖南人。黄巢进入长安后，随僖宗入蜀。光启间(885—888)为田令孜神策军判官。

春 游

选胜逢君叙解携，思和芳草远烟迷。小梅香里黄莺啭，垂柳阴中白马嘶。春引美人歌遍熟，风牵公子酒旗低。早知有此关身事，悔不前年住越溪。

《全唐诗》卷六七〇。

周 朴

周朴（？—879），睦州桐庐（今属浙江）人。据其诗，曾游浙东。

送梁道士

旧居桐柏观，归去爱安闲。倒树造新屋，化人修古坛。晚花霜后落，山雨夜深寒。应有同溪客，相寻学炼丹。

《全唐诗》卷六七三，《天台前集别编》。

题赤城中岩寺

浮世师休话，晋时灯照岩。禽飞穿静户，藤结入高杉。存没诗千首，废兴经数函。谁知将俗耳，来此避嚣谗。

《全唐诗》卷六七三，《天台前集》卷下。

升山寺

升山自古道飞来，此是神功不可猜。气色虽然离禹穴，峰峦犹自接天台。岩边折树泉冲落，顶上浮云日照开。南望闽城尘世界，千秋万古卷尘埃。

《全唐诗》卷六七三。

哭李端

三年剪拂感知音，哭向青山永夜心。竹在晓烟孤凤去，剑荒秋水一龙沉。新坟日落松声小,旧色春残草色深。不及此时亲执绋,石门遥想泪沾襟。

《全唐诗》卷六七三。石门,山名,浙江安吉、青田、永嘉、天台等县皆有石门,未详所指。存疑。

桐柏观

东南一境清心目,有此千峰插翠微。人在下方冲月上,鹤从高处破烟飞。岩深水落寒侵骨,门静花开色照衣。欲识蓬莱今便是,更于何处学忘机。

《全唐诗》卷六七三,《天台前集》卷下。

无等岩

建造上方藤影里,高僧往往似天台。不知名树檐前长,曾问道人岩下来。

《全唐诗》卷六七三。

牛　峤

牛峤(生卒年不详),其先安定鹑觚(今甘肃灵台)人,后徙狄道(今甘肃临洮)。乾符五年(878),登进士第。

女冠子

星冠霞帔。住在蕊珠宫里。佩丁当。明翠摇蝉翼，纤珪理宿妆。　　醮坛春草昼绿，药院吉花香。青鸟传心事，寄刘郎。

《全唐五代词》正编卷三。

江城子

鸡鹊飞起郡城东。碧江空。半滩风。越王宫殿，蘋叶藕花中。帘卷水楼渔浪起，千片雪，雨濛濛。

《全唐五代词》正编卷三。

无　作

无作（生卒年不详），姑苏（今江苏苏州）人。昭宗时住洪州十年，后住四明山。吴越钱镠礼请出山，托病不就。

谢武肃王

云鹤性孤单，争堪名利关。衔恩虽入国，辞命却归山。

《全唐诗》卷八四九。

舒道纪

舒道纪(生卒年不详),婺州(今浙江金华)人。唐末赤松山道士。与贯休来往,约卒于昭宗时。

兰溪灵瑞观

澄心坐清境,虚白生林端。夜静笑声出,月明松影寒。绛霞封药灶,碧窦溅斋坛。海树几回老,先生棋未残。

《全唐诗》卷八五五。

题赤松宫

松老赤松原,松间庙宛然。人皆有兄弟,谁得共神仙。双鹤冲天去,群羊化石眠。至今丹井水,香满北山边。

《全唐诗》卷八五五。诗题下原注:“今兰溪县之赤松山。王初平亦称赤松子。”

齐　己

齐己(864—943?),唐末诗僧,长沙(今属湖南)人。僖宗中和四年(884),黄巢起义结束,此前齐己已游越。

寄镜湖方干处士

贺监旧山川,空来近百年。闻君与琴鹤,终日在渔船。岛露深秋石,湖澄半夜天。云门几回去,题遍好林泉。

《全唐诗》卷八三八。诗题一作《寄方干处士鉴湖旧居》。

送人游南

南国多山水,君游兴可知。船中江上景,晚泊早行时。子美遗魂地,藏真旧墨池。经过几销日,荒草里寻碑。

《全唐诗》卷八三八。存疑。

题中上人院

高房占境幽,讲退即冥搜。欠鹤同支遁,多诗似惠休。瓶澄孤井浪,案白小窗秋。莫道归山字,朝贤日献酬。

《全唐诗》卷八三八。

山寺喜道者至

闰年春过后,山寺始花开。还有无心者,闲寻此境来。鸟幽声忽断,茶好味重回。知住南岩久,冥心坐绿苔。

《全唐诗》卷八三九。

送刘秀才南游

南去谒诸侯,名山亦得游。便应寻瀑布,乘兴上岣嵝。高鸟随云起,寒星向地流。相思应北望,天晚石桥头。

《全唐诗》卷八三九。

荆渚病中因思匡庐遂成三百字寄梁先辈(节录)

……江月青眸冷,秋风白发疏。新题忆剡硾,旧约怀匡庐。……

《全唐诗》卷八三九。

闻贯休下世

吾师诗匠者,真个碧云流。争得梁太子,重为文选楼。锦江新冢树,婺女旧山秋。欲去焚香礼,啼猿峡阻修。

《全唐诗》卷八三九。

题玉泉寺大师影堂

大化终华顶,灵踪示玉泉。由来负高尚,合向好山川。洞壑藏诸怪,杉松列瘦烟。千秋空树影,犹似覆长禅。

《全唐诗》卷八三九。

秋日钱塘作

秋光明水国，游子倚长亭。海浸全吴白，山澄百越青。英雄贵黎庶，封土绝精灵。勾践魂如在，应悬战血腥。

《全唐诗》卷八三九。

寄敬亭清越

敬亭山色古，庙与寺松连。住此修行过，春风四十年。鼎尝天柱茗，诗硾剡溪笺。冥目应思著，终南北阙前。

《全唐诗》卷八四〇。

赠无本上人

往年吟月社，因乱散扬州。未免无端事，何妨出世流。洞庭禅过腊，衡岳坐经秋。终说将衣钵，天台老去休。

《全唐诗》卷八四〇。

怀华顶道人

华顶星边出，真宜上士家。无人触床榻，满屋贮烟霞。坐卧临天井，晴明见海涯。禅余石桥去，屐齿印松花。

《全唐诗》卷八四〇。

送人游衡岳

荆楚腊将残，江湖苍莽间。孤舟载高兴，千里向名山。雪浪来无定，风帆去是闲。石桥僧问我，应寄岳茶还。

《全唐诗》卷八四〇。

七十作

七十去百岁，都来三十春。纵饶生得到，终免死无因。密理方通理，栖真始见真。沃洲匡阜客，几劫不迷人。

《全唐诗》卷八四〇。

再经蒋山与诸长老夜话

远迹都如雁，南行又北回。老僧犹记得，往岁已曾来。话遍名山境，烧残黑栎灰。无因伴师往，归思在天台。

《全唐诗》卷八四一。

送林上人归永嘉旧居

东越常悬思，山门在永嘉。秋光浮楚水，帆影背长沙。城黑天台雨，村明海峤霞。时寻谢公迹，春草有瑶花。

《全唐诗》卷八四一。

浙江晚渡

去年曾到此，久立滞前程。岐路时难处，风涛晚未平。汀蝉含老韵，岸荻簇枯声。莫泥关河险，多游自远行。

《全唐诗》卷八四一。

怀天台华顶僧

华顶危临海，丹霞里石桥。曾从国清寺，上看月明潮。好鸟亲香火，狂泉喷泬寥。欲归师智者，头白路迢迢。

《全唐诗》卷八四二。

渚宫莫问诗一十五首（其三、其四）

莫问休行脚，南方已遍寻。了应须自了，心不是他心。赤水珠何觅，寒山偈莫吟。谁同论此理，杜口少知音。
莫问孱愚格，天应只与闲。合居长树下，那称众人间。迹绝为真隐，机忘是大还。终当学支遁，买取个青山。

《全唐诗》卷八四二。

谢西川可准上人远寄诗集

匡社经行外，沃洲禅宴余。吾师还继此，后辈复何如。江上传风雅，静中时卷舒。堪随乐天集，共伴白芙蕖。

《全唐诗》卷八四三。

招乾昼上人宿话

连夜因风雪，相留在寂寥。禅心谁指示，诗卷自焚烧。语默邻寒漏，窗扉向早朝。天台若长往，还渡海门潮。

《全唐诗》卷八四三。

荆门勉怀寄道林寺诸友

荣枯得失理昭然，谁教离骚更问天。生下便知真梦幻，老来何必叹流年。清风不变诗应在，明月无踪道可传。珍重匡庐沃洲主，拂衣抛却好林泉。

《全唐诗》卷八四四。

寄顾蟾处士

久闻为客过苍梧，休说携家归镜湖。山水颠狂应尽在，鬓毛凋落免贫无。和僧抢入云中峭，带鹤驱成涧底孤。春醉醒来有余兴，因人乞与武陵图。

《全唐诗》卷八四四。诗题下原注："好于山水。"

爱　吟

正堪凝思掩禅扃，又被诗魔恼竺卿。偶凭窗扉从落照，不眠风雪到残更。皎然未必迷前习，支遁宁非悟后生。传写会逢精鉴者，也应知是咏闲情。

《全唐诗》卷八四四。

谢人惠十色花笺并棋子

陵州棋子浣花笺，深愧携来自锦川。海蚌琢成星落落，吴绫隐出雁翩翩。留防桂苑题诗客，惜寄桃源敌手仙。捧受不堪思出处，七千余里剑门前。

《全唐诗》卷八四四。

夏日寓居寄友人

北游兵阻复南还，因寄荆州病掩关。日月坐销江上寺，清凉魂断剡中山。披缁影迹堪藏拙，出世身心合向闲。多谢扶风大君子，相思时到寂寥间。

《全唐诗》卷八四四。

寄酬秦府高推官辇

天台衡岳旧曾寻，闲忆留题白石林。岁月已残衰飒鬓，风骚犹壮寂寥心。缑山碧树遮藏密，丹穴红霞掩映深。争得相逢一携手，拂衣同去听玄音。

《全唐诗》卷八四四。

塘上闲作

闲行闲坐藉莎烟，此兴堪思二古贤。陶靖节居彭泽畔，贺知章在镜池边。鸳鸯著对能飞绣,菡萏成群不语仙。形影腾腾夕阳里,数峰危翠滴渔船。

《全唐诗》卷八四五。

寄益上人

长想寻君道路遥,乱山霜后火新烧。近闻移住邻衡岳,几度题诗上石桥。古木传声连峭壁,一灯悬影过中宵。风骚味薄谁相爱,欹枕常多梦鲍昭。

《全唐诗》卷八四五。

谢道友拄杖

翦自南岩瀑布边,寒光七尺乳珠连。持来未入尘埃路,乞与应怜老病年。欹影夜归青石涧,卓痕秋过绿苔钱。他时携上嵩峰顶,把倚长松看洛川。

《全唐诗》卷八四五。

寄湘中诸友

碧云诸友尽黄眸,石点花飞更说无。岚翠湿衣松接院,芙蓉薰面寺临湖。沃洲高卧心何僻,匡社长禅兴亦孤。争似楚王文物国,金镳紫绶让前途。

《全唐诗》卷八四五。

喜彬上人见访

高吟欲继沃州师，千里相寻问课虚。残腊江山行尽处，满衣风雪到闲居。携来律韵清何甚，趣入幽微旨不疏。莫惜天机细捶琢，他时终可拟芙蕖。

《全唐诗》卷八四五。

江上夏日

无处清阴似剡溪，火云奇崛倚空齐。千山冷叠湖光外，一扇凉摇楚色西。碧树影疏风易断，绿芜平远日难低。故园旧寺临湘水，斑竹烟深越鸟啼。

《全唐诗》卷八四五。

道林寓居

秋泉一片树千株，暮汲寒烧外有余。青嶂这边来已熟，红尘那畔去应疏。风骚未肯忘雕琢，潇洒无妨更剃除。即问沃州开士僻，爱禽怜骏意何如。

《全唐诗》卷八四六。

秋夕言怀寄所知

休问蒙庄材不材，孤灯影共傍寒灰。忘筌话道心甘死，候体论诗口懒开。窗外风涛连建业，梦中云水忆天台。相疏却是相知分，谁讶经年一度来。

《全唐诗》卷八四六。

梓栗杖送人

禅家何物赠分襟，只有天台杖一寻。拄去客归青洛远，采来僧入白云深。游山曾把探龙穴，出世期将指佛心。此日江边赠君后，却携筇杖向东林。

《全唐诗》卷八四六。

寄南岳诸道友

南望衡阳积瘴开，去年曾踏雪游回。谩为楚客蹉跎过，却是边鸿的当来。乳窦孤明含海日，石桥危滑长春苔。终寻十八高人去，共坐苍崖养圣胎。

《全唐诗》卷八四六。

谢人自钟陵寄纸笔

故人犹忆苦吟劳，所惠何殊金错刀。霜雪剪裁新剡硾，锋铓管束本宣毫。知君倒箧情何厚，借我临池价斗高。词客分张看欲尽，不堪来处隔秋涛。

《全唐诗》卷八四六。

还人卷

李白李贺遗机杼，散在人间不知处。闻君收在芙蓉江，日斗鲛人织秋浦。金梭劄劄文离离,吴姬越女羞上机。鸳鸯浴烟鸾凤飞,澄江晓映余霞辉。仙人手持玉刀尺,寸寸酬君珠与璧。裁作霞裳何处披,紫皇殿里深难觅。

《全唐诗》卷八四七。

采莲曲

越溪女,越江莲。齐菡萏,双婵娟。嬉游向何处,采摘且同船。浩唱发容与,清波生漪连。时逢岛屿泊,几共鸳鸯眠。襟袖既盈溢,馨香亦相传。薄暮归去来,苎萝生碧烟。

《全唐诗》卷八四七。一作李颀诗,见《全唐诗》卷一三三。

默 坐

灯引飞蛾拂焰迷,露淋栖鹤压枝低。冥心坐满蒲团稳,梦到天台过剡溪。

《全唐诗》卷八四七,《天台前集》卷下。

虚 中

虚中(生卒年不详),袁州宜春(今属江西)人。与贯休、齐己等为诗友。据其诗,曾游越。

经贺监旧居

不恋明皇宠,归来镜水隅。道装汀鹤识,春醉钓人扶。逐朵云如吐，成行雁侣驱。兰亭名景在，踪迹未为孤。

《全唐诗》卷八四八。

悼方干处士

先生在世日，只向镜湖居。明主未巡狩，白头闲钓鱼。烟莎一径小，洲岛四邻疏。独有为儒者，时来吊旧庐。

《全唐诗》卷八四八。

李　晔

李晔（867—904），即唐昭宗。

巫山一段云

蝶舞梨园雪，莺啼柳带烟。小池残日艳阳天，苎萝山又山。青鸟不来愁绝，忍看鸳鸯双结。春风一等少年心，闲情恨不禁。

《全唐诗》卷八八九。

翁　洮

翁洮（生卒年不详），睦州（今浙江建德）人。光启三年（887）登进士第。与方干友善。据其诗，可能曾游浙东。

赠方干先生

由来箕踞任天真，别有诗名出世尘。不爱春宫分桂树，欲教天子枉蒲轮。城头鼙鼓三声晓，岛外湖山一簇春。独向若耶溪上住，谁知不是钓鳌人。

《全唐诗》卷六六七。

和方干题李频庄

高情度日非无事，自是高情不觉喧。海气暗蒸莲叶沼，山光晴逗苇花村。吟时胜概题诗板，静处繁华付酒尊。闲伴白云收桂子，每寻流水劚桐孙。犹凭律吕传心曲，岂虑星霜到鬓根。多少清风归此地，十年虚打五侯门。

《全唐诗》卷六六七。方干诗题为《李侍御上虞别业》，见《全唐诗》卷六五三。

卢延让

卢延让（生卒年不详），范阳（今河北涿州）人。乾宁中（894—898），客游荆南。光化三年（900）登进士第。

哭李郢端公

军门半掩槐花宅，每过犹闻哭临声。北固暴亡兼在路，东都权葬未归茔。渐穷老仆慵看马，著惨佳人暗理筝。诗侣酒徒消散尽，一场春梦越王城。

《全唐诗》卷七一五。越王城，指越州城，越王勾践始建，故称。

薛正明

薛正明(生卒年不详)，永嘉(今浙江温州)人。天祐三年(906)进士及第，隐南雁荡白云山白云洞。

游南雁荡

遐僻山深自晦明，峨峨千态画难成。半空高挂龙湫瀑，万仞宏开金石城。日射岚光轻锁黛，泉飞竹径细鸣筝。隐山无路停骖问，拂拂清风两掖生。

《增订注释全唐诗》卷八八九。

于邺

于邺(生卒年里不详)，唐末进士。后唐明宗天成元年(926)任都官员外郎。

赠王道士

日日市朝路，何时无苦辛。不随丹灶客，终作白头人。浮世度千载，桃源方一春。归来华表上，应笑北邙尘。

《全唐诗》卷七二五。一作于武陵诗，见《全唐诗》卷五九五。

李慎微

李慎微(生卒年不详)，郡望赵郡赞皇(今属河北)。天祐元年(904)进士。

〔拟〕送贺秘监归会稽应制

有客自言狂，经书仕圣唐。业尊傅帝子，道妙宠君王。厌俗怀仙观，思游忆故乡。公卿祖疏广，亲戚送刘纲。海上波澜急，江干烟路长。蓬莱不可见，何处访霓裳。

《全唐诗补编・续拾》卷三五，《会稽掇英总集》卷二。

苏　拯

苏拯(生卒年里不详)，昭宗光化中(898—901)在世。

西　施

吴王从骄佚，天产西施出。岂徒伐一人，所希救群物。良由上天意，恶盈戒奢侈。不独破吴国，不独生越水。在周名褒姒，在纣名妲己。变化本多涂，生杀亦如此。君王政不修，立地生西子。

《全唐诗》卷七一八。

李　洞

李洞（？—897？），京兆（今陕西西安）人。乾符至大顺间（874—891）屡试不第。

送人之天台

行李一枝藤，云边晓扣冰。丹经如不谬，白发亦何能。浅井仙人境，明珠海客灯。乃知真隐者，笑就汉廷征。

《全唐诗》卷七二一，《天台前集》卷下。

颜上人房

御沟临岸行，远岫见云生。松下度三伏，磬中销五更。雨淋经阁白，日闪剃刀明。海畔终须去，烧灯老国清。

《全唐诗》卷七二一。诗题一作《题西明自觉上人房》。《天台前集别编》，诗题作《赠西明寺觉上人房》。

赠宋校书

曾伴元戎猎，寒来梦北军。闲身不计日，病鹤放归云。石上铺棋势,船中赌酒分。长言买天姥,高卧谢人群。

《全唐诗》卷七二二。

送从叔书记山阴隐居

山顶绝茅居,云泉绕枕虚。烧移僧影瘦,风展鹭行疏。卷箔清江月,敲松紫阁书。由来簪组贵,不信教猿锄。

《全唐诗》卷七二二。

出山睹春榜

未老鬓毛焦,心归向石桥。指霞辞二纪,吟雪遇三朝。连席频登相,分廊尚祝尧。回眸旧行侣,免使负嵩樵。

《全唐诗》卷七二二。

叙事寄荐福栖白

险倚石屏风,秋涛梦越中。前朝吟会散,故国讲流终。北地闻巴狖,南山见碛鸿。楼高惊雨阔,木落觉城空。兔满期姚监,蝉稀别楚公。净瓶光照客,拄杖朽生虫。平地塔千尺,半空灯一笼。祝尧谈几句,旋泻海涛东。

《全唐诗》卷七二二。诗题一作《听白公话旧》。

上司空员外

禅心高卧似疏慵,诗客经过不厌重。藤杖几携量碛雪,玉鞭曾把数嵩峰。夜眠古巷当城月,秋直清曹入省钟。禹凿故山归未得,河声暗老两三松。

《全唐诗》卷七二三。禹凿故山,指山西河津西北的龙门山。存疑。

哭栖白供奉

闻说孤窗坐化时,白莎萝雨滴空池。吟诗堂里秋关影,礼佛灯前夜照碑。贺雪已成金殿梦,看涛终负石桥期。逢山对月还惆怅,争得无言似祖师。

《全唐诗》卷七二三。

赠入内供奉僧

内殿谈经惬帝怀,沃州归隐计全乖。数条雀尾来南海,一道蝉声噪御街。石枕纹含山里叶,铜瓶口塞井中柴。因逢夏日西明讲,不觉宫人拔凤钗。

《全唐诗》卷七二三。

怀张乔张霞

西风吹雨叶还飘,忆我同袍隔海涛。江塔眺山青入佛,边城履雪白连雕。身离世界归天竺,影挂虚空度石桥。应念无成独流转,懒磨铜片鬓毛焦。

《全唐诗》卷七二三。

送友罢举赴边职

出剡篇章入洛文，无人细读叹俱焚。莫辞秉笏随红旆，便好携家住白云。过水象浮蛮境见，隔江猿叫汉州闻。高谈阔略陈从事，盟誓边庭壮我军。

《全唐诗》卷七二三。

周　昙

周昙(生卒年里不详)，唐末曾为国子直讲。

春秋战国门·范蠡

西子能令转嫁吴，会稽知尔啄姑苏。迹高尘外功成处，一叶翩翩在五湖。

《全唐诗》卷七二八。

后汉门·曹娥

心摧目断哭江渍，窥浪无踪日又昏。不入重泉寻水底，此生安得见沉魂。

《全唐诗》卷七二九。

刘　谷

刘谷（生卒年里不详），唐末进士。会昌二年（842）有《和三乡诗》。

和三乡诗

兰蕙芬香见玉姿，路傍花笑景迟迟。苎萝山下无穷意，并在三乡惜别时。

《全唐诗》卷七二六。

王　枧

王枧（生卒年不详），原作王祝，误。咸阳（今陕西咸阳）人。广明元年（880）前曾任常州刺史。

和三乡诗

女几山前岚气低，佳人留恨此中题。不知云雨归何处，空使王孙见即迷。

《全唐诗》卷七二六。

王　涤

王涤（生卒年不详），太原（今属山西）人。景福中（892—893）

进士。

和三乡诗

浣纱游女出关东，旧迹新词一梦中。槐陌柳亭何限事，年年回首向春风。

《全唐诗》卷七二六。

韦　冰

韦冰（生卒年里不详），唐末进士。

和三乡诗

来时欢笑去时哀，家国迢迢向越台。待写百年幽思尽，故宫流水莫相催。

《全唐诗》卷七二六。

李昌邺

李昌邺（生卒年里不详），唐末进士。会昌二年（842）有《和三乡诗》。

和三乡诗

红粉萧娘手自题,分明幽怨发云闺。不应更学文君去,泣向残花归剡溪。

《全唐诗》卷七二六。

王　硕

王硕(生卒年里不详),唐末进士。

和三乡诗

无姓无名越水滨,芳词空怨路傍人。莫教才子偏惆怅,宋玉东家是旧邻。

《全唐诗》卷七二六。

李　缟

李缟(生卒年里不详),唐末进士。会昌二年(842)有《和三乡诗》。

和三乡诗

会稽王谢两风流,王子沉沦谢女愁。归思若随文字在,路傍空为感千秋。

《全唐诗》卷七二六。

贾　驰

贾驰(生卒年里不详),大和九年(835)进士。

复睹三乡题处留赠

壁古字未灭,声长响不绝。蕙质本如云,松心应耐雪。耿耿离幽谷,悠悠望瓯越。杞妇哭夫时,城崩无此说。

《全唐诗》卷七二六。

李　标

李标(生卒年里不详),唐末进士,自称为李绩之后。咸通前后进士。

题王苏苏窗

春暮花株透户飞,王孙寻胜引尘衣。洞中仙子多情态,留住刘郎不放归。

《全唐诗补编·续拾》卷三五,《北里志》。题为《全唐诗补编·续拾》所拟。

崔立言

崔立言(世次不详),当为晚唐时人。

醉中谑浙江廉使

山夫留意向丹梯,连帅邀来出药畦。常见浙东夸镜水,镜湖元在浙江西。

《全唐诗》卷八七〇。第三句或用元稹观察浙东时夸镜水之事,若然,则诗作者崔立言为晚唐时人。

孙元晏

孙元晏(生卒年里不详),晚唐人。

介 象

好道君王遇亦难,变通灵异几多般。介先生有神仙术,钓得鲈鱼在玉盘。

《全唐诗》卷七六七。介象,三国吴会稽人。

蒲葵扇

抛舍东山岁月遥,几施经略挫雄豪。若非名德喧寰宇,争得蒲葵价数高。

《全唐诗》卷七六七。

何氏小山

显达何曾肯系心，筑居郊外好园林。赚他谢朏出山去，赢得高名直至今。

《全唐诗》卷七六七。何氏小山，南齐何胤在会稽的隐居之所。

虞居士

苦谏将军总不知，几随烟焰作尘飞。东山居士何人识，惟有君王却许归。

《全唐诗》卷七六七。虞居士，虞寄，南朝陈会稽余姚人。

李　达

李达（生卒年不详），郡望赵郡（今河北赵县）。与日本学问僧圆珍等相识。中和四年（884）与圆载等乘舟赴日本。

奉和大德思天台次韵

金地炉峰秀气浓，近离双涧忆青松。劚泉拄锡净心相，远传佛教观真容。

《全唐诗补编·续拾》卷三二。

任　翻

任翻(生卒年里不详),唐末在世,曾寓居台州十余年。

葛仙井

古井碧沉沉,分明见百寻。味甘传邑内,脉冷应山心。圆入月轮净,直涵峰影深。自从仙去后,汲引到如今。

《全唐诗》卷七二七。

桐柏观

飘飘云外者,暂宿聚仙堂。半夜人无语,中宵月送凉。鹤归高树静,萤过小池光。不得多时住,门开是事忙。

《全唐诗》卷七二七,《天台前集》卷下。

越江渔父

借问钓鱼者,持竿多少年。眼明汀岛畔,头白子孙前。棹入花时浪,灯留雨夜船。越江深见底,谁识此心坚。

《全唐诗》卷七二七。

宿巾子山禅寺

绝顶新秋生夜凉，鹤翻松露滴衣裳。前峰月映半江水，僧在翠微开竹房。

《全唐诗》卷七二七，《天台前集》卷下。

再游巾子山寺

灵江江上帻峰寺，三十年来两度登。野鹤尚巢松树遍，竹房不见旧时僧。

《全唐诗》卷七二七。

三游巾子山寺感述

清秋绝顶竹房开，松鹤何年去不回。惟有前峰明月在，夜深犹过半江来。

《全唐诗》卷七二七。

台州早春

微雨夜来歇，江南春色回。已惊时不住，还恐老相催。人好千场醉，花无百日开。岂堪沧海畔，为客十年来。

《天台前集》卷下。一作刘长卿诗，见《全唐诗》卷一四八，诗题作《早春》。《全唐诗补编·续拾》卷三五录此诗，以为诗中海畔为客十年之意，与刘长卿生平不合。任翻在台州生活时间较长，诗应为其所作。

周　镛

周镛(生卒年不详),诸暨(今属浙江)人,唐末人。

诸暨五泄山

路入苍烟九过溪,九穿岩曲到招提。天分五溜寒倾北,地秀诸峰翠插西。凿径破崖来木杪,驾泉鸣竹落榱题。当年老默无消息,犹有词堂一杖藜。

《全唐诗》卷七二七。

陈　光

陈光(生卒年里不详),唐末诗人。

题桃源僧

桃源有僧舍,跬步异人天。花乱似无主,鹤鸣疑有仙。轩廊明野色,松桧湿春烟。定拟辞尘境,依师过晚年。

《全唐诗》卷七二七,《天台前集》卷下。

袁　吉

袁吉（世次里籍不详），唐时曾任婺州刺史。

宿上霄洞居诗

一宿烟霞境，更无尘梦侵。泉声寒绕枕，山色冷归衾。自得希夷性，遗忘名利心。更阑不成寐，岩鸟共寒吟。

《全唐诗补编·续拾》卷五三。本诗与下诗，均见光绪廿年刊邓钟玉撰《金华县志》卷二，当写金华风物。

宿赤松会仙阁诗

道分相投气味长，就中何处最难忘？芙蓉阁上秋窗下，卧枕泉声并石床。

《全唐诗补编·续拾》卷五三。

钱元球

钱元球（？—937），一作钱元球，钱镠子。封扶南侯，出判温州，官至静海军节度使。

游雁荡

东风驿路马蹄香，晓起行春到夕阳。三月莺啼花柳寺，几家人住水云乡。名山不用问樵子,清世何须忧庙廊。且脱纶巾随洞客,紫箫吹月夜天凉。

《全唐诗补编·续拾》卷四五。

钱弘偡

钱弘偡(913—966),吴越文穆王钱元瓘第二子。乾祐三年(950)任静海军节度使、知温州事,后改彰武军节度使、知福州事。

游南雁荡

十年曾作雁山期,今日来看似故知。好鸟隔林歌侑酒,飞花绕笔索题诗。云霞眼底原无物,丘壑胸中似有奇。萝月松风清似水,何妨游衍咏归迟。

《全唐诗补编·续拾》卷四五。

山阴老人

山阴老人(生卒年不详),据诗题注,当在唐末董昌时。

山阴老人伪谣

欲识圣人姓,千里草青青。欲识圣人名,日从日上生。

《全唐诗》卷八七八。诗题下原注:"董昌时,有山阴县老人伪上言曰：‘愿大王帝于越，三十年前，已闻谣言，故来献。’昌得之，大喜。因僭伪号。”

湘妃庙

湘妃庙，女仙。唐末光启中（885—888）作《与崔渥冥会杂诗》。

与崔渥冥会杂诗

桃花流水两堪伤，洞口烟波月渐长。莫道仙家无别恨，至今垂泪忆刘郎。

《全唐诗》卷八六四。诗末原注：“桃源仙子同赋。”《增订注释全唐诗》卷八六〇注：“湘妃庙《与崔渥冥会杂诗》出《灯下闲谈·湘妃神会》，云濮阳人某光启中与博陵崔渥会于湘中，谒湘妃庙题诗，湘妃及诸神亦来会赋诗。”知作于唐末光启中（885—888）。

越中狂生

越中狂生（生卒年里不详），唐末乾宁间董昌未败前，于越中旗亭题诗四句。

越中狂生题旗亭

日日草重生，悠悠傍素城。诸侯逐兔白，夏满镜湖平。

《全唐诗》卷八七五。诗题下原注:“初,董昌未败前,有狂生于越中旗亭题诗四句。人不晓其词。及昌败,方悟草重,董字。日日,昌字。素城者,越城。隋越公杨素所筑也。诸侯者,猴,乃钱镠。申,生属也。白兔,昌卯生属也。夏满,六月也。镜湖者。越中也。”此谶见《太平广记》卷一六三引《会稽录》。

卷　七

李建勋

李建勋（873？—952），广陵（今江苏扬州）人。

怀赠操禅师

尝忆曹溪子，龛居面碧嵩。杉松新夏后，雨雹夜禅中。道匪因经悟，心能向物空。秋来得音信，又在剡山东。

《全唐诗》卷七三九。

蔷薇二首（其二）

拂檐拖地对前墀，蝶影蜂声烂熳时。万倍馨香胜玉蕊，一生颜色笑西施。忘归醉客临高架，恃宠佳人索好枝。将并舞腰谁得及，惹衣伤手尽从伊。

《全唐诗》卷七三九。

句

桃花流水须长信，不学刘郎去又来。

《全唐诗》卷七三九。

陈陶（五代）

陈陶（894？—968？），五代人，剑浦（今福建南平）人。晚唐另有一陈陶，其事迹与诗多与五代陈陶相混。见今人陶敏《陈陶考》（《中华文史论丛》1986年第一辑）。

步虚引

小隐山人十洲客，莓苔为衣双耳白。青编为我忽降书，暮雨虹蜺一千尺。赤城门闭六丁直，晓日已烧东海色。朝天半夜闻玉鸡，星斗离离碍龙翼。

《全唐诗》卷七四五。诗见《五代诗话》，云剑浦陈陶作。当为南唐时陈陶作。诗题一作《仙人词》。晚唐陈陶诗多与五代陈陶相混，此诗可确认为五代陈陶所作。

欧阳炯

欧阳炯（896—971），益州华阳（今四川双流）人。

题景焕画应天寺壁天王歌

锦城东北黄金地,故迹何人兴此寺。白眉长老重名公,曾识会稽山处士。寺门左壁图天王,威仪部从来何方。鬼神怪异满壁走,当檐飒飒生秋光。我闻天王分理四天下,水晶宫殿琉璃瓦。彩仗时驱狒狖装,金鞭频策骐驎马。毗沙大像何光辉,手擎巨塔凌云飞。地神对出宝瓶子,天女倒披金缕衣。唐朝说著名公画,周昉毫端善图写。张僧繇是有神人,吴道子称无敌者。奇哉妙手传孙公,能如此地留神踪。斜窥小鬼怒双目,直倚越狼高半胸。宝冠动总生威容,趋跄左右来倾恭。臂横鹰爪尖纤利,腰缠虎皮斑剥红。飘飘但恐入云中,步骤还疑归海东。蟒蛇拖得浑身堕,精魅搦来双眼空。当时此艺实难有,镇在宝坊称不朽。东边画了空西边,留与后人教敌手。后人见者皆心惊,尽为名公不敢争。谁知未满三十载,或有异人来间生。匡山处士名称朴,头骨高奇连五岳。曾持象简累为官,又有蛇珠常在握。昔年长老遇奇踪,今日门师识景公。兴来便请泥高壁,乱抢笔头如疾风。逡巡队仗何颠逸,散漫奇形皆涌出。交加器械满虚空,两面或然如斗敌。圣王怒色览东西,剑刃一挥皆整齐。腕头狮子咬金甲,脚底夜叉击络鞮。马头壮健多筋节,乌觜弯环如屈铁。遍身蛇虺乱纵横,绕颔髑髅干孑裂。眉粗眼竖发如锥,怪异令人不可知。科头巨卒欲生鬼,半面女郎安小儿。况闻此寺初兴置,地脉沉沉当正气。如何请得二山人,下笔咸成千古事。君不见明皇天宝年,画龙致雨非偶然。包含万象藏心里,变现百般生眼前。后来画品列名贤,唯此二人堪比肩。人间是物皆求得，此样欲于何处传。尝忧壁底生云雾，揭起寺门天上去。

《全唐诗》卷七六一。会稽山处士，指唐末越地画家孙位，即下文所说“孙公”。二山人，指孙位与后蜀画家景焕。

大游仙诗

赤城霞起武陵春，桐柏先生解守真。白石桥高曾纵步，朱阳馆静每存神。囊中隐诀多仙术，肘后方书济俗人。自领蓬莱都水监，只忧沧海变成尘。

《全唐诗》卷七六一，《天台前集别编》。一作欧阳炳诗。

春光好

芳丛绣，绿筵张，两心狂。空遣横波传意绪，对笙簧。　虽似安仁掷果，未闻韩寿分香。流水桃花情不已，待刘郎。

《全唐诗》卷八九六。

江城子

晚日金陵岸草平。落霞明。水无情。六代繁华，暗逐逝波声。空有姑苏台上月，如西子镜，照江城。

《全唐诗》卷八九六。

和　凝

和凝(898—955),郓州须昌(今山东东平)人。

宫词百首(其七十一)

越溪姝丽入深宫,俭素皆持马后风。尽道君王修圣德,不劳辞辇与当熊。

《全唐诗》卷七三五。

临江仙

海棠香老春江晚,小溪雾縠湔蒙。翠鬟初出绣帘中。麝烟鸾佩惹蘋风。　碾玉钗摇鸂战,雪肌云鬓将融。含情遥指碧波东。越王台殿蓼花红。

《全唐五代词》正编卷三。

顾　夐

顾夐(生卒年里不详),通正元年(916)在前蜀,复事后蜀。

甘州子

曾如刘阮访仙踪。深洞客,此时逢。绮筵散后绣衾同。

款曲见韶容。山枕上、长是怯晨钟。

《全唐诗》卷八九四。

虞美人

少年艳质胜琼英。早晚别三清。莲冠稳篸钿篦横。飘飘罗袖碧云轻。画难成。　　迟迟少转腰身袅。翠靥眉心小。醮坛风急杏枝香。此时恨不驾鸾皇。访刘郎。

《全唐诗》卷八九四。

李　中

李中(生卒年不详),九江(今属江西)人。五代时人。南唐时,与刘钧共学于庐山国学。宋开宝五年(972)为淦阳县令。

送孙孔二秀才游庐山

庐山多胜景,偏称二君游。松径苍苔合,花阴碧涧流。倾壶同坐石,搜句共登楼。莫学天台客,逢山即驻留。

《全唐诗》卷七四七。

途中闻子规

春残杜宇愁,越客思悠悠。雨歇孤村里,花飞远水头。微风声渐咽，高树血应流。因此频回首，家山隔几州。

《全唐诗》卷七四七。

舟中望九华山

排空苍翠异，辍棹看崔嵬。一面雨初歇，九峰云正开。当时思水石，便欲上楼台。隐去心难遂，吟余首懒回。僧休传紫阁，屏歇写天台。中有忘机者，逍遥不可陪。

《全唐诗》卷七四七。

赠谦明上人

虽寄上都眠竹寺，逸情终忆白云端。闲登钟阜林泉晚，梦去沃洲风雨寒。新试茶经煎有兴，旧婴诗病舍终难。常闻秋夕多无寐，月在高台独凭栏。

《全唐诗》卷七四七。

海城秋日书怀寄朐山孙明府

槐柳蝉声起渡头，海城孤客思悠悠。青云展志知何日，皓月牵吟又入秋。鉴里渐生潘岳鬓，风前犹著卜商裘。鸣琴良宰挥毫士，应笑蹉跎身未酬。

《全唐诗》卷七四八。存疑。

赠朐山杨宰

讼闲征赋毕,吏散卷帘时。听雨入秋竹,留僧覆旧棋。得诗书落叶,煮茗汲寒池。化俗功成后,烟霄会有期。

《全唐诗》卷七四八。诗赠朐山杨宰,则朐山为县,在今江苏连云港。存疑。

听蝉寄朐山孙明府

忽听新蝉发,客情其奈何。西风起槐柳,故国阻烟波。羌笛悲犹少,巴猿恨未多。不知陶靖节,还动此心么。

《全唐诗》卷七四八。存疑。

赠朐山孙明府

县庭无事似山斋,满砌青青旋长苔。闲抚素琴曹吏散,自烹新茗海僧来。买将病鹤劳心养,移得闲花用意栽。几度访君留我醉,瓮香皆值酒新开。

《全唐诗》卷七四八。存疑。

赠海上书记张济员外

鹏霄休叹志难伸,贫病虽萦道且存。阮瑀不能专笔砚,嵇康唯要乐琴尊。春风满院空欹枕,芳草侵阶独闭门。剑有尘埃书有蠹,昔年心事共谁论。

《全唐诗》卷七四八。存疑。

送朐山孙明府赴寿阳幕府辟命

堪羡元戎虚右席,便承纶綍起金台。菊丛憔悴陶潜去,莲幕光辉阮瑀来。好向尊罍陈妙画,定应书檄播雄才。预愁别后相思处,月入闲窗远梦回。

《全唐诗》卷七四八。存疑。

赠海上观音院文依上人

烟霞海边寺,高卧出门慵。白日少来客,清风生古松。虚窗从燕入,坏屐任苔封。几度陪师话,相留到暮钟。

《全唐诗》卷七四八。存疑。

春日书怀寄朐山孙明府

一作边城客,闲门两度春。莺花深院雨,书剑满床尘。紫阁期终负,青云道未伸。犹怜陶靖节,诗酒每相亲。

《全唐诗》卷七四八。存疑。

对雨寄朐山林番明府

竟日如丝不暂停,莎阶闲听滴秋声。斜飘虚阁琴书润,冷逼幽窗梦寐清。开户只添搜句味,看山还阻上楼情。遥知公退琴堂静,坐对萧骚饮兴生。

《全唐诗》卷七四八。存疑。

送王道士游东海

巨浸常牵梦，云游岂觉劳。遥空收晚雨，虚阁看秋涛。必若思三岛，应须钓六鳌。如通十洲去，谁信碧天高。

《全唐诗》卷七四九。存疑。

闲居言怀

未达难随众，从他俗所憎。闲听九秋雨，远忆四明僧。病后倦吟啸，贫来疏友朋。寂寥元合道，未必是无能。

《全唐诗》卷七五〇。

送姚端秀才游毗陵

毗陵嘉景太湖边，才子经游称少年。风弄青帘沽酒市，月明红袖采莲船。若耶罨画应相似，越岫吴峰尽接连。此去高吟须早返，广寒丹桂莫迁延。

《全唐诗》卷七五〇。

钟　谟

钟谟（？—960），其先会稽（今浙江绍兴）人，后徙建安（今福建建瓯）。

代京妓越宾答徐铉

一幅轻绡寄海滨，越姑长感昔时恩。欲知别后情多少，点点凭君看泪痕。

《全唐诗》卷七五七。一作徐铉诗。

陶　穀

陶穀（903—970），邠州新平（今陕西彬县）人。显德五年（958）三月至六年（959）二月奉使吴越，曾游天台石桥。

石　桥

重重翠嶂耸云端，玉殿金楼缥缈间。圣境不容凡俗到，故将飞瀑隔尘寰。

《全唐诗补编·续拾》卷四二，《天台续集》卷中。

冯延巳

冯延巳（903？—960），广陵（今江苏扬州）人。

点绛唇

荫绿围红，梦琼家在桃源住。画桥当路，临水开朱户。　柳径春深，行到关情处。颦不语，意凭风絮，吹向郎边去。

《全唐诗》卷八九八。

阮郎归

南园春半踏青时，风和闻马嘶。青梅如豆柳如丝，日长蝴蝶飞。　花露重，草烟低，人家帘幕垂。秋千慵困解罗衣，画梁双燕栖。

角声吹断陇梅枝，孤窗月影低。塞鸿无限欲惊飞，城乌休夜啼。　寻断梦，掩深闺，行人去路迷。门前杨柳绿阴齐，何时闻马嘶。

《全唐诗》卷八九八。

延　寿

延寿（904—976），润州丹阳（今属江苏）人，迁居余杭（今浙江杭州）。年二十八至杭州龙册寺出家，后至天台山。广顺二年（952），住持明州雪窦寺。

凌云峰

烟萝高巘势凌云，影泻斜阳出海门。曾与支公探隐去，夜寒雷雨上方闻。

《全唐诗补编·续拾》卷四六。

白马峰

湖外层峰泻危瀑，天际阴阴长寒木。南北行人望莫穷，秋云一片横幽谷。

《全唐诗补编·续拾》卷四六。

游上雪窦诗

下雪窦游上雪窦，过云峰后望云峰。如趋仙府经三岛，似入天门彻九重。无日不飞丹顶鹤，有时忽起隐潭龙。只因奉诏西归去，此境何由得再逢。

《全唐诗补编·续拾》卷四六。

同于秘丞赋瀑泉诗

大禹不知凿，来源亦自成。色应怜众白，声合让孤清。远势曾吞海，飞流欲喷鲸。灵槎如可泛，天际问归程。

《全唐诗补编·续拾》卷四六。

吴越僧

吴越僧（生卒年里不详），《唐音统签》卷九一〇收吴越僧《武肃王有旨石桥设斋会进一诗共六首》(《全唐诗》卷八五一),注引《天台志》,谓前一首题智觉禅师延寿,后五首失句。谓“大抵皆吴越僧”。《天台前集别集》六诗主名皆为延寿。

武肃王有旨石桥设斋会进一诗共六首

南有天台事可尊,孕灵含秀独超群。重重曲涧侵危石,步步层岩踏碎云。金雀每从云里现,异香多向夜深闻。当知此界非凡界,一道幽奇各自分。

仙源佛窟有天台,今古嘉名遍九垓。石磴嵌空神匠出,瀑泉雄壮雨声来。景强偏感高僧住,地胜能令远思开。一等翘诚依此处,自然灵贶作梯媒。

智泉福海莫能逾,亲自王恩运睿谟。感现尽冥心境界,资持全固道根株。石梁低翥红鹦鹉,烟岭高翔碧鹧鸪。胜妙重重惟祷祝,永资军庶息灾虞。

凌晨迎请倍精诚,亲散鲜花异处清。罗汉攀枝呈梵相,岩僧倚树现真形。神幡双出红霞动,宝塔全开白气生。都为王心标意切,满空盈月瑞分明。

幡花宝盖满清川,祈祷迎来圣半千。莫道胜缘无影响,须知嘉会有因缘。空中长似闻天乐,岩畔尝疑有地仙。何必更寻兜率去,重重灵应事昭然。

登云步岭涉烟程,好景随心次第生。圣者已符祥瑞事,地灵全副祷祈情。洞深重叠拖云湿,滩浅潺湲漱水清。愿满事圆归去路,便风相送片帆轻。

《全唐诗》卷八五一,《天台前集别编》。

李 璟

李璟（916—961），徐州（今属江苏）人。昇元七年（943），继位为南唐皇帝。

浣溪纱

风压轻云贴水飞，乍晴池馆燕争泥，沈郎多病不胜衣。　沙上未闻鸿雁信，竹间时听鹧鸪啼，此情惟有落花知。

《全唐诗》卷八八九。诗题一作《浣纱溪》《小庭花》。

徐 铉

徐铉（916—991），原籍会稽（今浙江绍兴），其父迁居广陵（今江苏扬州）。

江舍人宅筵上有妓唱和州韩舍人歌辞因以寄

良宵丝竹偶成欢，中有佳人俯翠鬟。白雪飘飖传乐府，阮郎憔悴在人间。清风朗月长相忆，佩蕙纫兰早晚还。深夜酒空筵欲散，向隅惆怅鬓堪斑。

《全唐诗》卷七五二。

九月十一日寄陈郎中

我多吏事君多病，寂绝过从又几旬。前日龙山烟景好，风前落帽是何人。

《全唐诗》卷七五二。龙山,在今湖北江陵西北。存疑。

中书相公溪亭闲宴依韵

雨霁秋光晚,亭虚野兴回。沙鸥掠岸去,溪水上阶来。客傲风欹帻,筵香菊在杯。东山长许醉,何事忆天台。

《全唐诗》卷七五二。诗题下原注:“李建勋。”

附书与钟郎中因寄京妓越宾

暮春桥下手封书,寄向江南问越姑。不道诸郎少欢笑,经年相别忆侬无。

《全唐诗》卷七五三。

题伏龟山北隅

兹山信岑寂,阴崖积苍翠。水石何必多,宛有千岩意。孰知近人境,旦暮含佳气。池影摇轻风,林光澹新霁。支颐藉芳草,自足忘世事。未得归去来,聊为宴居地。

《全唐诗》卷七五四。存疑。

送彭秀才南游

问君孤棹去何之,玉笥春风楚水西。山上断云分翠霭,林间晴雪入澄溪。琴心酒趣神相会，道士仙童手共携。他日时清更随计，莫如刘阮洞中迷。

《全唐诗》卷七五四。

玉笥山留题

仙乡会应远，王事知何极。征传莫辞劳，玉峰聊一息。形骸已销散，心想都凝寂。真气自清虚，非关好松石。九仙皆积学，洞壑多遗迹。游子归去来，胡为但征役。

《全唐诗》卷七五五。玉笥山，在南唐吉州新淦县，即今江西峡江东南四十里之群玉峰。存疑。

和门下殷侍郎新茶二十韵

暖吹入春园，新芽竞粲然。才教鹰觜拆，未放雪花妍。荷杖青林下，携筐旭景前。孕灵资雨露，钟秀自山川。碾后香弥远，烹来色更鲜。名随土地贵，味逐水泉迁。力藉流黄暖，形模紫笋圆。正当钻柳火，遥想涌金泉。任道时新物，须依古法煎。轻瓯浮绿乳，孤灶散余烟。甘荠非予匹，宫槐让我先。竹孤空冉冉，荷弱谩田田。解渴消残酒，清神感夜眠。十浆何足馈，百榼尽堪捐。采撷唯忧晚，营求不计钱。任公因焙显，陆氏有经传。爱甚真成癖，尝多合得仙。亭台虚静处，风月艳阳天。自可临泉石，何妨杂管弦。东山似蒙顶，愿得从诸贤。

《全唐诗》卷七五五。

奉和宫傅相公怀旧见寄四十韵(节录)

……东山妓乐供闲步,北牖风凉足晏眠。玄武湖边林隐见,五城桥下棹洄沿。曾移苑树开红药,新凿家池种白莲。不遣前驺妨野逸,别寻逋客互招延。棋枰寂静陈虚阁,诗笔沉吟劈彩笺。……

《全唐诗》卷七五六。

李 珣

李珣(生卒年不详),五代人,梓州(今四川三合)人。事蜀主王衍,为花间词人之一。

南乡子

拢云髻,背犀梳。焦红衫映绿罗裾。越王台下春风暖。花盈岸。游赏每邀邻女伴。

红荳蔻,紫玫瑰。谢娘家傍越王台。一曲乡歌齐抚掌。堪游赏。酒酌螺杯流水上。

《全唐诗》卷八九六,《全唐五代词》正编卷三。

女冠子

春山夜静。愁闻洞天疏磬。玉堂虚。细雾垂珠佩,轻烟曳翠裾。　对花情脉脉,望月步徐徐。刘阮今何处,绝来书。

《全唐诗》卷八九六，《全唐五代词》正编卷三。

浣溪沙

入夏偏宜淡薄妆。越罗衣褪郁金黄。翠钿檀注助容光。　相见无言还有恨，几回判却又思量。月窗香径梦悠飏。

《全唐诗》卷八九六，《全唐五代词》正编卷三。

定风波

又见辞巢燕子归。阮郎何事绝音徽。帘外西风黄叶落。池阁。隐莎蛩叫雨霏霏。　愁坐算程千万里。频跂。等闲经岁两心违。听鹊凭龟无定处。不知。泪痕留在画罗衣。

《全唐诗》卷八九六，《全唐五代词》正编卷三。

张　泌

张泌（生卒年不详），淮南（今安徽寿县）人。后主时为句容县尉。开宝八年（975）随后主李煜降宋。

浣溪沙

花月香寒悄夜尘。绮筵幽会暗伤神。婵娟依约画屏。　人不见时还暂语，令才抛后爱微颦。越罗巴锦不胜春。

《全唐诗》卷八九八,《全唐五代词》正编卷三。

女冠子

露花烟草。寂寞五云三岛。正春深。貌减潜销玉,香残尚惹襟。　　竹疏虚槛静,松密醮坛阴。何事刘郎去,信沉沉。

《全唐诗》卷八九八,《全唐五代词》正编卷三。

思越人

燕双飞,莺百啭,越波堤下长桥。斗钿花筐金匣恰,舞衣罗薄纤腰。　　东风澹澹慵无力。黛眉愁聚春碧。满地落花无消息。月明肠断空忆。

《全唐诗》卷八九八,《全唐五代词》正编卷三。

刘　乙

刘乙(生卒年不详),泉州(今属福建)人。南唐人。

题建造寺

曾看画图劳健羡,如今亲见画犹粗。减除天半石初泐,欠却几株松未枯。题像阁人渔浦叟,集生台鸟谢城乌。我来一听支公论,自是吾身幻得吾。

《全唐诗》卷七六三。

刘昭禹

刘昭禹(生卒年不详),婺州(今浙江金华)人。一说桂阳(今湖南郴州)人。五代时仕湖南马氏。据其诗,曾游天台。

括苍山

尽日行方半,诸山直下看。白云随步起,危径极天盘。瀑顶桥形小,溪边店影寒。往来空太息,玄鬓改非难。

《全唐诗》卷七六二,《天台前集》卷下。括苍山,在浙江东南部。

忆天台山

常记游灵境,道人情不低。岩房容偃息,天路许相携。霞散曙峰外,虹生凉瀑西。何当尘役了,重去听猿啼。

《全唐诗》卷七六二,《天台前集》卷下。

冬日暮国清寺留题

天台山下寺,冬暮景如屏。树密风长在,年深像有灵。高钟疑到月,远烧欲连星。因共真僧话,心中万虑宁。

《全唐诗》卷七六二,《天台前集》卷下。

灵溪观

鳌海西边地,宵吟景象宽。云开孤月上,瀑喷一山寒。人异发常绿，草灵秋不干。无由此栖息，魂梦在长安。

《全唐诗》卷七六二。

赠惠律大师

秋是忆山日，禅窗露洒余。几悬华顶梦，应寄沃洲书。风月资吟笔，杉篁笼静居。满城谁不重，见著紫衣初。

《全唐诗》卷七六二，《天台前集》卷下。

刘　兼

刘兼（生卒年不详），长安（今陕西西安）人。由五代入宋。存诗一卷，均为在宋时所作。

命妓不至

琴中难挑孰怜才，独对良宵酒数杯。苏子黑貂将已尽，宋弘青鸟又空回。月穿净牖霜成隙，风卷残花锦作堆。欹枕梦魂何处去，醉和春色入天台。

《全唐诗》卷七六六。

访饮妓不遇招酒徒不至

小桥流水接平沙，何处行云不在家。毕卓未来轻竹叶，刘晨重到殢桃花。琴樽冷落春将尽,帏幌萧条日又斜。回首却寻芳草路,金鞍拂柳思无涯。

《全唐诗》卷七六六。

登郡楼书怀(其一)

烟雨楼台渐晦冥,锦江澄碧浪花平。卞和未雪荆山耻,庄舄空伤越国情。天际寂寥无雁下,云端依约有僧行。登高欲继离骚咏,魂断愁深写不成。

《全唐诗》卷七六六。

钱弘佐

钱弘佐(928—947),杭州临安(今属浙江)人。天福六年(941)九月即吴越王位。

佳辰小宴寄越州七弟湖州八弟

角黍佳辰社稷宁,灵和开宴乐群英。尊前只少鸰原会,百里江城隔二城。

《增订注释全唐诗》卷八。

钱弘倧

钱弘倧(928—971),杭州临安(今属浙江)人。天福十二年(947)

六月即吴越王位。

登卧龙山偶成

暮山重叠势崔嵬,溢目清光入酒杯。几岁烧残红树短,一帆航尽碧波来。安民未有移风术,征句惭非梦锦才。四望楼台无限景,槛前赢得且徘徊。

《全唐诗补编·续补遗》卷一二,《吴越钱氏传芳集》。

禹　庙

千古功勋孰可伦,东来灵宇压乾坤。尘埃共锁梁犹在,星斗俱昏剑独存。蟾殿夜寒笼翠幌,麝炉春暖酹琼樽。会稽山水秋风里,长放松声入庙门。

《全唐诗补编·续补遗》卷一二,《会稽掇英总集》卷八。

登蓬莱阁怀武肃王

黄鹤摧残漫有名,建时方始殄罗平。飞梠叠拱重装束,刻槛雕瓦又葺成。十载兴隆吴与越,二邦安肃弟兼兄。从兹登赏云楼上,愿祝江南永宴清。

《全唐诗补编·续补遗》卷一二。

再游圣母阁

越地灵踪多少处,伽蓝难上此楼台。有时风掣浪声到,半夜月排山势来。极目烟岚迷远近，百般花木离尘埃。可怜光景吟无尽，知我登临更几回。

《全唐诗补编·续补遗》卷一二。《会稽掇英总集》卷八，作钱倧诗，诗题作《再游应天寺圣母阁》。

吴仁璧

吴仁璧(生卒年不详)，吴郡(今江苏苏州)人。大顺二年(891)进士。据其诗，曾游越。

金钱花

浅绛浓香几朵匀，日熔金铸万家新。堪疑刘宠遗芳在，不许山阴父老贫。

《全唐诗》卷六九〇。

游法华寺(句)

高阁烟霞禅客睡，满城尘土世人忙。

《全唐诗》卷六九〇。

伍　乔

伍乔(生卒年不详)，庐江(今属安徽)人。南唐中主时，入金陵进士第。入宋卒。

寄史处士

长羡闲居一水湄，吟情高古有谁知。石楼待月横琴久，渔浦经风下钓迟。僻坞落花多掩径，旧山残烧几侵篱。松门别后无消息，早晚重应蹑屐随。

《全唐诗》卷七四四。

乾　康

乾康（生卒年不详），零陵（今属湖南）人。五代宋初诗僧。据其诗，曾游越中。

经方干旧居（句）

镜湖中有月，处士后无人。荻笋抽高节，鲈鱼跃老鳞。

《全唐诗》卷八四九。诗末原注："甚为齐己所称。"

卢士衡

卢士衡（生卒年里不详），后唐天成二年（927）进士。据其诗，曾游天台。

灵溪老松歌

灵溪古观坛西角，千尺鳞皴栋梁朴。横出一枝戛楼阁，直上一枝扫寥廓。白石苍苔拥根脚，月明风撼寒光落。有时风雨晦暝，摆撼若黑龙之腾跃。合生于象外峰峦，枉滞乎人间山岳。安得巨灵受请托，拔向青桂白榆边安著。

《全唐诗》卷七三七，《天台集拾遗》。

游灵溪观

云藏宝殿风尘外，粉壁松轩入看初。话久仙童颜色老，病来玄鹤羽毛疏。樵翁接引寻红术，道士留连说紫书。不为壮心降未得，便堪从此玩清虚。

《全唐诗》卷七三七，《天台前集别编》。

寄天台道友

相思遥指玉霄峰，怅望江山阻万重。曾隔晓窗闻法鼓，几同寒榻听疏钟。别来知子长餐柏，吟处将谁对倚松。且住人间行圣教，莫思天路便登龙。

《全唐诗》卷七三七，《天台前集》卷下。

僧房听雨

古寺松轩雨声别，寒窗听久诗魔发。记得年前在赤城，石楼梦觉三更雪。

《全唐诗》卷七三七,《天台前集》卷下。

鹿虔扆

鹿虔扆(生卒年里不详),天复中(901—904)为永泰军节度使。

女冠子

凤楼琪树。惆怅刘郎一去。正春深。洞里愁空结,人间信莫寻。　　竹疏斋殿迥,松密醮坛阴。倚云低首望,可知心。

《全唐诗》卷八九四。

阎　选

阎选(生卒年里不详),五代蜀处士。

浣溪沙

寂寞流苏冷绣茵,倚屏山枕惹香尘,小庭花露泣浓春。
　　刘阮信非仙洞客,嫦娥终是月中人,此生无路访东邻。

《全唐诗》卷八九七。

皇甫松

皇甫松（生卒年不详），睦州新安（今浙江淳安）人。光化三年（900）奏请追赐李贺等进士。

杨柳枝词二首（其一）

烂漫春归水国时，吴王宫殿柳丝垂。黄莺长叫空闺畔，西子无因更得知。

《全唐诗》卷三六九。

天仙子

晴野鹭鸶飞一只，水荭花发秋江碧。刘郎此日别天仙，登绮席，泪珠滴，十二晚峰青历历。

《全唐诗》卷八九一。

毛文锡

毛文锡（生卒年不详），高阳（今属河北）人。唐亡，仕前蜀。天汉元年（917）八月，贬茂州司马。

诉衷情

桃花流水漾纵横，春昼彩霞明。刘郎去，阮郎行，惆怅恨难平。　　愁坐对云屏,算归程。何时携手洞边迎,诉衷情。

《全唐诗》卷八九三,《全唐五代词》正编卷三。诗题一作《桃花水》。

廖　融

廖融(生卒年里不详),五代、宋初人。隐居衡山,终身不仕。据其诗,可能曾游天台。

赠天台逸人

移桧托禅子,携家上赤城。拂琴天籁寂,欹枕海涛生。云白寒峰晚,鸟歌春谷晴。又闻求桂楫,载月十洲行。

《全唐诗》卷七六二,《天台前集》卷下。

熊　皎

熊皎(生卒年里不详),后唐清泰二年(935)进士。开运三年(946)贬商州上津令。

冬日原居酬光上人见访

吾道丧已久,吾师何此来。门无尘事闭,卷有国风开。野迥霜先白,庭荒叶自堆。寒暄吟罢后,犹喜话天台。

《全唐诗》卷七三七,《天台前集别编》。

赠胥尊师

绿发童颜羽服轻,天台王屋几经行。云程去速因风起,酒债还迟待药成。房闭十洲烟浪阔,箓开三洞鬼神惊。他年华表重归日,却恐桑田已变更。

《全唐诗》卷七三七,《天台前集》卷下。

遇 臻

遇臻(生卒年不详),越州人。吴越时禅僧。入天台山从德韶受学,住婺州齐云山。德韶清泰三年(936)入天台山,居三十七年。遇臻当于此期间在天台山。

颂

秋庭肃肃风飕飕,寒星列空蟾魄高。搘颐静坐神不劳,鸟窠无端吹布毛。

《全唐诗补编·续拾》卷四六。

谭用之

谭用之(生卒年里不详),五代宋初人。

别江上一二友生

国风千载务重华，须逐浮云背若耶。无地可归堪种玉，有天教上且乘槎。白纶巾卸苏门月，红锦衣裁御苑花。他日成都却回首，东山看取谢鲲家。

《全唐诗》卷七六四。

幽居寄李秘书

几年帝里阻烟波，敢向明时叩角歌。看尽好花春卧稳，醉残红日夜吟多。印开夕照垂杨柳，画破寒潭老芰荷。昨夜前溪有龙斗，石桥风雨少人过。

《全唐诗》卷七六四。

江　为

江为（生卒年不详），建阳（今属福建）人。南唐中主时，曾至金陵赴进士试。据其诗，曾游天台。

瀑　布

庐山正南面，瀑布古来闻。万里朝沧海，千寻出白云。寒声终自远，灵派孰为分？除却天台后，平流莫可群。

《全唐诗补编・续拾》卷四三。

赠天台僧

白发经年复白眉，斋身多病已无机，曾来越客留诗板，旧识蕃人送衲衣。岩窦夜禅云树湿，石桥秋望海山微。结庵更拟寻华顶，晚岁应容扣竹扉。

《全唐诗补编·续拾》卷四三，《天台续集》卷下。

蒋宗简

蒋宗简（生卒年不详），桐城（今属安徽）人。五代后梁时任明州评事。

赐布袋和尚

兜率宫中阿逸多，不离天界降娑婆。相逢为我安心诀，万劫千生一刹那。

《全唐诗补编·续拾》卷四五。

陈德诚

陈德诚（925—964），家于建安（今福建建瓯）。据其诗，曾游温州南雁荡山。

游南雁荡诗

雁山遥与白云连，六十奇峰半倚天。金鼎雨花猿听偈，石门迎月鹤参禅。戏龙高跃青霄上，群凤齐飞赤日边。诗思凭空吟不了，那堪夙驾入星躔。

《全唐诗补编·续拾》卷四四。

钱　俶

钱俶（929—988），杭州临安（今属浙江）人。开运四年（947），出镇台州。乾祐元年（948）即吴越王位。

诗寄赠四明宝云通法师二首

海角复天涯，形分道不赊。灯清读圆觉，香暖顶袈裟。戒比珠无类，心犹镜断瑕。平生赖慈眼，南望一咨嗟。

相望几千里，旷然违道情。自兹成乍别，疑是隔浮生。得旨探玄寂，无心竞利名。苑斋正秋夜，谁伴诵经声。

《全唐诗补编·续拾》卷四六。

张　洎

张洎（934—997），滁州全椒（今属安徽）人。据其诗，曾游越。

题越台

我爱真人居，高台倚寥泬。洞天开两扉。邈尔与世绝。缥缈乘鸾女，华颜映绿发。举手拂烟虹，吹笙弄松月。森罗窥万象，境异趣亦别。何必服金丹，飞身向蓬阙。

《会稽掇英总集》卷一五。

李 煜

李煜（937—978），徐州（今属江苏）人，南唐后主。

阮郎归

东风吹水日衔山，春来长是闲。落花狼藉酒阑珊，笙歌醉梦间。　　春睡觉，晚妆残，无人整翠鬟。留连光景惜朱颜，黄昏独倚阑。

《全唐诗》卷八八九。诗题一作《醉桃源》《碧桃春》。

钱 昱

钱昱（943—999），杭州临安（今属浙江）人。曾任台州刺史。

留题巾山明庆塔院

数级崔嵬万木中，最堪影势似难同。栏杆夜压江心月，铃铎秋摇岳顶风。重叠画檐遮世界,稀疏清磬彻虚空。有时问著禅僧路,笑指丹霞去不穷。

《全唐诗补编·续拾》卷四六,《天台续集》卷下。

王贞范

王贞范(生卒年不详),江陵(今属湖北)人。五代汉人,《十国春秋》卷一〇三有传。

注葛仙公气诀赠友人

君今遣我注仙经,我乃为君强释名。华岳峰前霞客喜,天台洞里隐人惊。云翔嶂外缘文就,鹤唳天边为气成。奉劝仙公除自秘,莫教流俗浪相轻。

《全唐诗补编·续拾》卷五四,《天台前集别编》。原署作者为逸人不顾,注:“见《洞天集》。”据宋陈振孙《直斋书录解题》卷一五,《洞天集》作者为王贞范,集道家神仙隐逸诗篇。知此篇作者为王贞范。

李观象

李观象(生卒年不详),桂林(今属广西)人。五代诗人。

纸账诗

清悬四面剡溪霜，高卧梅花月半床。花瓮有天春不老，瑶台无夜月生香。觉来虚白神光发，睡云清闲好梦长。一枕总无尘土气，何妨留我白云乡。

《全唐诗补编·续拾》卷四九。

小　白

小白（生卒年里不详），五代时诗僧。据其诗，曾游嵊县金庭观。

宿金庭观

羽客相留宿上方，金庭风月冷如霜。直饶人世三千岁，未抵仙家一夜长。

《全唐诗补编·续补遗》卷九。诗题下原注："在嵊县东南七十二里。"

秀　登

秀登（生卒年里不详），有诗《送小白上人归华顶》，当与小白同时。此诗收入《宋诗纪事》卷九一，当为五代入宋诗人。疑曾游越。

送小白上人归华顶

瀑溅安禅石，秋云锁碧层。一峰如卓笔，几日策孤藤。树偃前朝盖，星辉下界灯。超然归此处，心已契南能。

《全唐诗补编·续拾》卷四一，《天台续集》卷下。

朝海峰

万仞朝沧海，秋层上碧虚。峭欹云尽后，寒绮月生初。影落阳侯宅，根连觉帝居。谁能谢尘迹，向此结茅庐。

《全唐诗补编·续拾》卷四一。秀登与小白交友，有诗《送小白上人归华顶》，又有诗《送贯微归天台》。疑秀登曾居越，朝海峰或在浙东。

送贯微归天台

秋归赤城寺，幽兴唯相同。迹与片云合，心向万境空。倾耳霜树猿，吹衣瀑布风。后夜越溪上，梦断寒云中。

《全唐诗补编·续拾》卷四一，《天台续集》卷下。

许　坚

许坚（生卒年不详），庐江（今属安徽）人，五代宋初人。据其诗，曾游越中。

游溧阳下山寺

地枕吴溪与越峰，前朝恩锡灵泉额。竹林晴见雁塔高，石室曾栖几禅伯。荒碑字没秋苔深，古池香泛荷花白。客有经年说别林，落日啼猿情脉脉。

《全唐诗》卷七五七。诗题一作《灵泉精舍限韵》。

题幽栖观

仙翁上升去，丹井寄晴壑。山色接天台，湖光照寥廓。玉洞绝无人，老桧犹栖鹤。我欲掣青蛇，他时冲碧落。

《全唐诗》卷七五七。

孙光宪

孙光宪(？—968)，陵州贵平(今四川仁寿)人。

竹　枝

乱绳千结伴人深，越罗万丈表长寻。杨柳在身垂意绪，藕花落尽见莲心。

《全唐诗》卷七六二。

八拍蛮

孔雀尾拖金线长。怕人飞起入丁香。越女沙头争拾翠，相呼归去背斜阳。

《全唐诗》卷七六二,《全唐五代词》正编卷三。

浣溪沙

碧玉衣裳白玉人。翠眉红脸小腰身。瑞云飞雨逐行云。

除却弄珠兼解佩,便随西子与东邻。是谁容易比真真。

《全唐诗》卷八九七,《全唐五代词》正编卷三。

叶　简

叶简(生卒年不详),据诗题注,为吴越时剡(今浙江嵊州)人。

叶简占失牛

占失牛,已被家边载上州,欲知贼姓一斤求,欲知贼名十干头。

《全唐诗》卷八八〇。诗题下原注:“吴越时,有叶简者,剡人也,善卜筮。凡有盗贼,皆知其姓名,射覆无不奇中。”诗末原注:“果邻人丘甲盗之。”

德 圆

德圆(世次不详),僧人。生平无考。据其诗,曾游越。

云门寺

若耶溪边寺,幽胜绝尘嚣。一洞花将发,千岩雪未消。依阴生径竹,野色映溪桥。渐赏登高处,钟声应寂寥。

《全唐诗补编·续补遗》卷一五。

游云门寺之一

晋代云门寺,寻常岂易名。难关千峤色,不锁乱泉声。树石烟中老,香磴雪后清。伊余来扣寂,猿鸟共忘情。

《全唐诗补编·续拾》卷五四。

大 宗

大宗,世次生平里籍不详。据其诗,曾游越。

下鹿苑寺

鹿苑重兴梵宇宽,天台罗汉逐云端。雨花石上成趺坐,瀑布泉边悟水观。四壁无邻山鸟待,深岩有洞老猿看。当时婺岭龙回去,今日还归护法坛。

《全唐诗补编·续拾》卷五四。

潘 雍

潘雍,世次生平里籍不详。

赠葛氏小娘子

曾闻仙子住天台,欲结灵姻愧短才。若许随君洞中住,不同刘阮却归来。

《全唐诗》卷七七八。

葛氏女

葛氏女,世次生平不详。《万首唐人绝句》卷六八潘雍《赠葛氏小娘子》下录葛氏女《和潘雍》,当为同时。据潘雍诗,葛氏女居越。

和潘雍

九天天远瑞烟浓,驾鹤骖龙意已同。从此三山山上月,琼花开处照春风。

《万首唐人绝句》(四库全书本)卷六八。

魏　证

魏证,世次生平里籍不详。据其诗,曾游越。

沃洲山

一声清磬海边月,十里香风涧底松。何代沃洲今夜兴,倚栏来听赤城钟。

《全唐诗补编·续补遗》卷一五。

宿沃洲山寺

崆峒山叟到江东,荷杖来寻支遁踪。马迹几经青草没,仙坛依旧白云封。一声清磬海边月,十里香风涧底松。何代沃洲今夜兴,倚栏来听赤城钟。

《会稽掇英总集》卷四。前诗(《沃洲山》)为此诗之后四句,作者作魏证。《会稽掇英总集》卷四录此诗,作魏徵。《全唐诗补编·续拾》卷一按:"陈耀东《全唐诗拾遗》据同治《嵊县志》卷二四收本诗。魏徵生平未至越中,友人赵昌平谓此诗格律非唐初所有,因疑非徵作。"然《会稽掇英总集》卷四收此诗。《会稽掇英总集》由宋孔延之编于熙宁五年(1072),于会稽散佚之赋咏博加搜采,出处较早,因疑仍为唐人所作。本书仍之,而改作者为魏证。

孙　诵

孙诵,世次里籍不详。据其诗,曾游越。

一行算法

一行寻师触处游，到天台后始应休。因知算法通天地，溪水寻常尽逆流。

《全唐诗补编·续拾》卷五三，《天台集》卷下。《全唐诗补编·续拾》录诗末原跋云："一行穷大衍算法，求访师资不远千里。尝至天台国清寺，见一院古松，门有流水。一行立于门屏，闻僧于庭前布算之声，谓其徒曰：'今日当有弟子自远来，求吾算法，已合在门，岂无人导达耶？'即除一算，谓曰：'门前水合却西去，弟子当至。'一行闻其言而入，稽首请法，授其术，而门外旧东流水，忽改而西流矣。"

殷 琮

殷琮，世次里籍不详，唐代进士。据其诗，曾游越。

登云梯

碧落远澄澄，青山路可升。身轻疑易踏，步独觉难凭。逦迤排将近，回翔势渐登。上宁愁屈曲，高更喜超腾。江树遥分蔼，山岚宛若凝。赤城容许到，敢惮百千层。

《全唐诗》卷七七九。

婺州山中人

婺州山中人(姓名世次不详),隐居婺州山中。

歌

静居青嶂里,高啸紫烟中。尘世连仙界,琼田前路通。

《全唐诗》卷七八四。诗题下原注:"《葆光录》:婺州有僧入山,见一人古貌,巾褐,骑牛,手执鞭,光铄日色,扣角而歌云云。僧揖之,不应,驰去。"

久 则

久则,世次里籍不详。唐代僧人。据其诗,曾旅寓越中。

旅寓越中(句)

湖上青山今犹在,白云无主问何人。

《增订注释全唐诗》卷八九一。

陈 充

陈充,世次里籍不详。

句

雨里落帆游谢乡，寒声古木共荒凉。

《全唐诗补编·续拾》卷五四，高似孙《剡录》卷四。句出《剡录》，当写剡中风物。

无名氏（2）

明月湖醉后蔷薇花歌(节录)

万朵当轩红灼灼，晚阴照水尘不著。西施醉后情不禁，侍儿扶下蕊珠阁。……

《全唐诗》卷七八五。

无名氏（3）

绝　句

绿杨阴转画桥斜，舟有笙歌岸有花。尽日会稽山色里，蓬莱清浅水仙家。

《全唐诗》卷七八六。

无名氏（4）

罗浮山

四百余峰海上排，根连蓬岛荫天台。百灵若为移中土，嵩华都为一小堆。

《全唐诗》卷七八六。

无名氏（5）

十二时（其二）

鸡鸣丑。子胥乃别梁王走。会稽山中逢赤眉，龙泉宝剑刀下吼。

《全唐五代词》副编卷二，敦煌文书伯三八二一卷。

附一　主要参考文献

《〈会稽掇英总集〉点校》,邹志方点校,北京:人民出版社,2006 年。

《全唐诗》,〔清〕彭定求等编,北京:中华书局,1960 年。

《全唐诗补编》,陈尚君辑校,北京:中华书局,1992 年。

《全唐五代词》,曾昭岷、曹济平、王兆鹏、刘尊明编撰,北京:中华书局,1999 年。

《唐刺史考全编》,郁贤皓著,合肥:安徽大学出版社,2000 年。

《唐诗之路唐诗总集》,竺岳兵主编,北京:中国文史出版社,2003 年。

《天台前集》,〔宋〕林师蒧编,四库全书本。

《天台前集别编》,〔宋〕林表民编,四库全书本。

《增订注释全唐诗》,陈贻焮主编,北京:文化艺术出版社,2001 年。

《中国文学家大辞典(唐五代卷)》,周祖譔主编,北京:中华书局,1992 年。

附二　诗人索引

说明

本索引以姓氏笔划为序。姓氏为□的,为零画。同一姓氏者,以第二字笔划为序。人名后数字为本著页码。

五画

六画

七画

八画

九画

十画

十一画

十二画

十三画

十四画

十五画

十六画

十七画